周作人作品精選7

經典新版

風雨談

周作人——著

總序

文學星座中，璀璨不亞於魯迅的周作人

朱墨菲

每個時代都會有特別具有代表性、令人們特別懷想的人物，在新文學領域，周作人無疑就是其中一個。身為大文豪魯迅之弟，兩兄弟在文壇可說是各領風騷，各自綻放著不同的光芒。

作為五四新文化運動的一員，周作人在中國文學上的影響力絕對具有舉足輕重的地位，時值新舊文化交替之際，面對西方思潮的來襲，多數讀書人或抱殘守缺，或媚外崇洋，在劇烈的文化衝擊中，許多受過西方教育的學子如胡適、錢玄同、蔡元培、林語堂等，紛紛投入這股新文化浪潮中。

周作人脫穎而出，被譽為是「五四」以降最負盛名的散文及文學翻譯家，他以「對性靈的表達乃為言志」的理念，創造了獨樹一格的寫作風格，充滿靈性，看似平凡卻處處透著玄妙的人生韻味，清新的文風立即風靡一時，更迅速形成一大流派「言志派」，在中國文學史上留下了不可抹滅的一筆。郁達夫曾說：「中國現代散文的成績，以魯迅、周作人兩人的為最豐富最偉大，我平時的偏嗜，亦以此二人的散文為最所溺愛。一經開選，如竊賊入了阿拉伯的寶庫，東張西望，簡直迷了我取去的判斷。」陳之藩是散文大師，他特地強調胡適晚年不止一次跟他說：「到現在值得一看的，只有周作人的東西了。」可見周作人散文之優美意境。

處在動盪年代的周作人，亦可說是時代的見證人，年少時赴日求學，精通日語，讓他對日本文化有深刻的觀察，而後又親身經歷了中國近代史上諸多重要歷史事件，如鑑湖女俠秋瑾、徐錫麟等的革命活動、辛亥革命、張勳復辟等，他一生的形跡記錄即是重要史料，從他的《知堂回想錄》書中即可探知一二。而他晚年撰寫的《魯迅的故家》、《魯迅的青年時代》等回憶文章，更為研究魯迅的讀者提供了許多寶貴的第一手資料。

對世人來說，周作人也許不是個討喜的人，因為他從來都不是隨俗附和的人，他只說自己想說的話，一生奉行的就是孔子所強調的「知之為知之，不知為不知，是知也」的理念，這使他的文章中充滿了濃濃的自由主義，並形成他日後以「人的文學」為概念，跳脫傳統窠臼，更自號「知堂」之故。在《知堂回想錄》的後序中，周作人自陳：「我是一個庸人，就是極普通的中國人，並不是什麼文人學士，只因偶然的關係，活得長了，見聞也就多了些，譬如一個旅人，走了許多路程，經歷可以談談，有人說『講你的故事罷』，也就講些，也都是平凡的事情和道理。」

也許，在諸多文豪的光環下，在世人傳說的紛擾下，他的文學地位一度有明珠蒙塵之虞，本社因而在他去世五十年之際，特將他的文集重新整理出版，包括他最知名的回憶錄《知堂回想錄》以及散文集《自己的園地》、《雨天的書》、《談龍集》、《談虎集》、《看雲集》、《苦茶隨筆》等，使讀者從他的著作中可以更加了解一代文學巨匠的內心世界，品味他的文字之美。

風雨談

目錄——

第二卷　閒情誌

第三卷　世情書

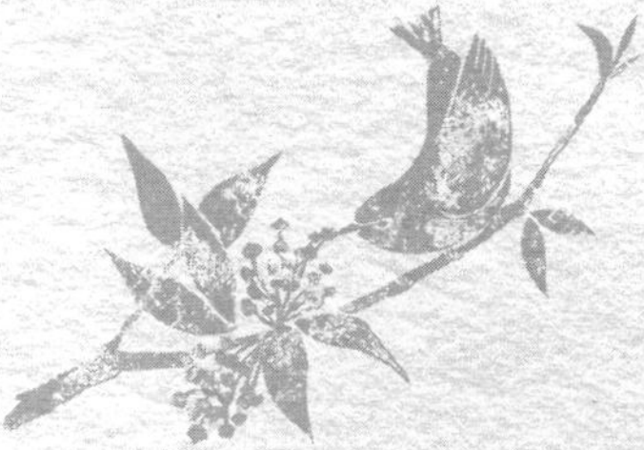

風雨談

目錄

小引

在《苦竹雜記》還沒有編好的時候，我就想定要寫一本《風雨談》。內容是什麼都未曾決定，——反正總是那樣的小文罷了，題目卻早想好了，曰，「風雨談」。這題目的三個字我很有點喜歡。第一，這裡有個典故。《詩經》鄭風有《風雨》三章，其詞曰，風雨淒淒，云云，今不具引。

棲霞郝氏《詩問》卷二載王瑞玉夫人解說云：

「淒淒，寒涼也。喈喈，聲和也。瑞玉曰，寒雨荒雞，無聊甚矣，此時得見君子，云何而憂不平。故人未必冒雨來，設辭爾。

瀟瀟，暴疾也。膠膠，聲雜也。瑞玉曰，暴雨如注，群雞亂鳴，此時積憂成病，見君子則病癒。

晦，昏也。已，止也。瑞玉曰，雨甚而晦，雞鳴而長，苦寂甚矣，故人來喜當何如。」

郝氏夫婦的說詩可以說是真能解人頤，比吾鄉住在禹跡寺前的季彭山要好得多，其佳處或有幾分可與福慶居士的說詞相比罷。

我取這《風雨》三章，特別愛其意境，卻也不敢冒風雨樓的牌號，故只談談而已，以名吾雜文。或曰，是與《雨天的書》相像。然而不然。《雨天的書》恐怕有點兒憂鬱，現在固然未必不憂鬱，但我想應該稍有不同，如復育之化為知了也。

風雨淒淒以至如晦，這個意境我都喜歡，論理這自然是無聊苦寂，或積憂成病，可是也「云胡不喜」呢？不佞故人不多，又各忙碌，相見的時候頗少，若是書冊上的故人則又殊不少，此隨時可晤對也，不談今天天氣哈哈哈，可談的物事隨處多有，所差的是要花本錢買書而已：翻開書畫，得聽一夕的話，已大可喜，若再寫下來，自然更妙，雖然做文章賠本稍為有點好笑，但不失為消遣之一法。

或曰，何不談風月？這件事我倒也想到過。有好些朋友恐怕都在期待我這樣，以為照例談談風月才是，某人何為至今不談也？風月，本來也是可以談的，而且老實說，我覺得也略略知道，要比亂罵風月的正人與胡謅風月的雅人更明白得多。然而現在不談。別無什麼緣故，只因已經想定了風和雨，所以只得把月割愛了。橫直都是天文類的東西，沒有什麼大區別，雨之與月在我只是意境小小不同，稍有較量，若在正人君子看不入眼裡原是一個樣子也。

廿四年十二月六日。

第一卷 心情錄

關於傅青主

傅青主在中國社會上的名聲第一是醫生，第二大約是書家吧。《傅青主女科》以至《男科》往往見於各家書目，劉雪崖輯《仙儒外紀》（所見係王氏刻《削繁》本）中屢記其奇蹟，最有名的要算那兒握母心，針中腕穴而產，小兒手有刺痕的一案，雖然劉青園在《常談》卷一曾力闢其謬，以為兒手無論如何都不能摸著心臟。震鈞輯《國朝書人輯略》卷一第二名便是傅山，引了好些人家的評論，楊大瓢稱其絕無氈裘氣，說得很妙，但是知道的人到底較少了。

《霜紅龕詩》舊有刻本，其文章與思想則似乎向來很少有人注意，咸豐時劉雪崖編全集四十卷，於是始有可考，我所見的乃宣統末年山陽丁氏的刊本也。傅青主是明朝遺老，他有一種特別的地方。黃梨洲顧亭林孫夏峰王山史也都是品學兼優的人，但他們的思想還是正統派的，總不能出程朱陸王的範圍，顏習齋、劉繼莊稍稍古怪了，或者可以與他相比。

全謝山著《陽曲傅先生事略》中云：「天下大定，自是始以黃冠自放，稍稍出土穴與客接，然間有問學者，則曰，老夫學莊列者也，於此間仁義事實羞道之，即強言之亦不工。」此一半是國亡後憤世之詞，其實也因為他的思想寬博，於儒道佛三者都能通達，故無偏執處。《事略》又云：「或強以宋諸儒之學問，則曰，必不得已吾取同甫。」可見青主對於宋儒的態度，雖然沒有像習齋那樣明說，總之是很不喜歡的了。

青主也同習齋一樣痛恨八股文，集卷十八《書成弘文後》云：「仔細想來，便此技到絕頂，要他何用。文事武備，暗暗底吃了他沒影子虧。要將此事算接孔孟之脈，真噁心殺，真噁心殺。」記起王漁洋的筆記說，康熙初廢止考試八股文，他在禮部主張恢復，後果照辦。漁洋的散文不無可取，但其見識與傅顏諸君比較，相去何其遠耶。

青主所最厭惡的是「奴俗」，在文中屢屢見到，卷廿五家訓中有一則云：

「字亦何與人事，政復恐其帶奴俗氣。若得無奴俗氣，乃可與論風期日上耳。不惟字。」

卷廿六《失笑辭》中云：

「趺空亭而失笑，哇鏖糟之奴論。」

又《醫藥論略》云：

「奴人害奴病，自有奴醫與奴藥，高爽者不能治。胡人害胡病，自有胡醫與胡藥，正經者不能治。」

又《讀南華經》第二則云：

「讀過《逍遙游》之人，自然是以大鵬自勉，斷斷不屑作蜩與鷽鳩為榆枋間快活矣。一切世間榮華富貴那能看到眼裡，所以說金屑雖貴，著之眼中何異砂石。奴俗齷齪意見不知不覺打掃乾淨，莫說看今人不上眼，即看古人上眼者有幾個。」

卷三六云：

「讀理書尤著不得一依傍之義，大悟底人先後一揆，雖勢易局新，不礙大同。若奴人不曾究得人心空靈法界，單單靠定前人一半句注腳，說我是有本之學，正是咬齦人腳後跟底貨，大是死狗扶不上牆也。」

卷三七云：

「奴書生眼裡著不得一個人，自謂尊崇聖道，益自見其狹小耳，那能不令我胡盧也。」

卷三八云：

「不拘甚事只不要奴。奴了，隨他巧妙雕鑽，為狗為鼠已耳。」

寥寥數語，把上邊這些話都包括在裡邊，斬釘截鐵地下了斷結。卷三七又有三則，雖說的是別的話，卻是同樣地罵奴俗而頌真率：

「矮人觀場，人好亦好。瞎子隨笑，所笑不差。山漢啖柑子，直罵酸辣，還是率性好惡，而隨人誇美，咬牙捩舌，死作知味之狀，苦斯極矣。不知柑子自有不中吃者，山漢未必不罵中也。但說柑子即不罵而爭啖之，酸辣莫辨，混沌鑿矣。然柑子即酸辣不甜，亦不借山漢誇美而榮也。（案此語費解，或有小誤。）戴安道之子仲若雙柑沽酒聽黃鸝，真吃柑子人也。

白果本自佳果，高淡香潔，諸果罕能匹之。吾曾勸一山秀才啖之，曰，不相干絲毫。真率不偽，白果相安也。

又一山貢士寒夜來吾書房，適無甚與啖，偶有蜜餞橘子勸茶，滿嚼一大口，半日不能咽，語我曰，不入不入。既而曰，滿口辛。與吃白果人徑似一個人，然我皆敬之為至誠君子也。細想不相干絲毫與不入兩語，慧心人描寫此事必不能似其七字之神，每一愁悶憶之輒噱發不已，少抒鬱鬱，又似一味藥物也。」

奴的反對是高爽明達，但真率也還在其次，所以山秀才畢竟要比奴書生好得多，傳道人記山漢事多含滑稽，此中即有敬意在也。

同卷中又云：

「講學者群攻陽明，謂近於禪，而陽明之徒不理為高也，真足憋殺攻者。若與饒舌爭其是非，仍是自信不篤，自居異端矣。近有祖陽明而力斥攻者之陋，真陽明亦不必輒許可，陽明不護短望救也。」

卷四十云：

「頃在頻陽，聞莆城米黼之將訪李中孚，既到門忽不入遂行，或問之，曰，聞渠是陽明之學。李問天生米不入之故，天生云云，李即曰，天生，我如何為陽明之學？天生於中孚為宗弟行，即曰，大哥如何不是陽明之學？我聞之俱不解，不知說甚，正由我不曾講學辨朱陸買賣，是以聞此等說如夢。」

這正可與「老夫學莊列者也」的話對照，他蔑視那些儒教徒的雞蟲之爭，對於陽明卻顯然更有好意，但如真相信他是道士，則又不免上了當。

《仙儒外紀》引《外傳》云：

「或問長生久視之術，青主曰，大丈夫不能效力君父，長生久視徒豬狗活耳。或謂先生精漢魏古詩賦，先生曰，此乃驢鳴狗吠，何益於國家。」

卷廿五家訓中卻云：

「人無百年不死之人，所留在天地間，可以增光嶽之氣，表五行之靈者，只此文章耳。」可見青主不是看不起文章的，他怕只作奴俗文，雖佳終是驢鳴狗吠之類也。如上文所抄可以當得好文章好思想了，但他又說：

「或有遺編殘句，後之人誣以劉因輩賢我，我目幾時瞑也。」

卷三七又有一則云：

「韓康伯休賣藥不二價，其中斷無盈贏，即買三百賣亦三百之道，只是不能擇人而賣，若遇俗惡買之，豈不辱吾藥物。所以處亂世無事可做，只一事可做，吃了獨參湯，燒沉香，讀古書，如此餓死，殊不怨尤也。」

遺老的潔癖於此可見，然亦唯真倔強如居士者才能這樣說，我們讀全謝山所著《事略》，見七十三老翁如何抗拒博學鴻詞的徵召，真令人肅然起敬。

古人云，薑桂之性老而愈辣，傅先生足以當之矣。文章思想亦正如其人，但其辣處實實在在有他的一生涯做底子，所以與後世只是口頭會說惡辣話的人不同，此一層極重要，蓋相似的辣中亦自有奴辣與胡辣存在也。

（廿四年十一月）

遊山日記

民國十幾年從杭州買到一部《遊山日記》，襯裝六冊，印板尚佳，價頗不廉。後來在上海買得《白香雜著》，七冊共十一種，《遊山日記》也在內，係後印，首葉的題字亦不相同。去年不知什麼時候知道上海的書店有單行的《遊山日記》，寫信通知了林語堂先生，他買了去一讀說值得重印，於是這日記重印出來了。我因為上述的關係，所以來說幾句話，雖然關於舒白香我實在知道得很少。

《遊山日記》十二卷，係嘉慶九年（一八〇四）白香四十六歲時在廬山避暑所作，前十卷記自六月一日至九月十日共一百天的事，末二卷則集錄詩賦也。白香文章清麗，思想通達，在文人中不可多得，樂蓮裳跋語稱其匯儒釋於寸心，窮天人於尺素，雖稍有藻飾，卻亦可謂知言。其敘事之妙，如卷三甲寅（七月廿八日）條云：

「晴涼，天籟又作。此山不聞風聲日蓋少，泉聲則雨霽便止，不易得，晝間蟬聲松聲，遠林際畫眉聲，朝暮則老僧梵唄聲和吾書聲，比來靜夜風止，則惟聞蟋蟀聲耳。」

又卷七己巳（八月十三日）條云：

「朝晴暖。暮雲滿室，作焦麴氣，以巨爆擊之不散，爆煙與雲異，不相溷也。雲過密則反無雨，令人坐混沌之中，一物不見。闔扉則雲之入者不復出，不闔扉則雲之出者旋復入，口鼻之內無非雲者。窺書不見，因昏昏欲睡，吾今日可謂雲醉。」

其紀山中起居情形亦多可喜，今但舉七月中關於食物的幾節，卷三乙未（九日）條云：

「朝晴涼適，可著小棉。瓶中米尚支數日，而菜已竭，所謂饉也。西輔戲採南瓜葉及野莧，煮食甚甘，予仍飯兩碗，且笑謂與南瓜相識半生矣，不知其葉中乃有至味。」

卷四乙巳（十九日）條云：

「冷，雨竟日。晨餐時菜羹亦竭，惟食炒烏豆下飯，宗慧仍以湯匙進。問安用此，曰，勺豆入口逸於箸。予不禁噴飯而笑，謂此匙自賦形受役以來但知其才以不漏汁水為長耳，孰謂其遭際之窮至於如此。」

又丙午（二十日）條云：

「宗慧試採蕎麥葉煮作菜羹，竟可食，柔美過匏葉，但微苦耳。苟非入山既深，又斷蔬經旬，豈能識此種風味。」

卷五壬子（廿六日）條云：

「晴暖。宗慧本不稱其名，久飲天池，漸欲通慧，憂予乏蔬，乃埋豆池旁，既雨而芽，朝食乃烹之以進。饑腸得此不翅江瑤柱，入齒香脆，頌不容口，欲旌以錢，錢又竭，但賦詩志喜而已。」

此種種菜食，如查《野菜博錄》等書本是尋常，現在妙在從經驗得來，所以親切有味。中國古文中不少遊記，但如當作文辭的一體去做，便與「漢高祖論」相去不遠，都是《古文觀止》裡的資料，不過內容略有史地之分罷了。

《徐霞客遊記》才算是一部遊記，他走的地方多，紀載也詳贍，所以是不朽之作，但他還是屬於地理類的，與白香的遊記屬於文學者不同。《遊山日記》裡所載的重要的是私生活，以及私人的思想性情，這的確是一部「日記」，只以一座廬山當作背景耳。所以從這書中看得出來的是舒白香一個人，也有一個雲煙飄渺的匡廬在，卻是白香心眼中的山，有如畫師寫在卷子上似的，當不得照片或地圖看也。

徐驤題後有云：「讀他人遊山記，不過令人思裹糧遊耳，讀此反覺不敢輕遊，蓋恐徒事品泉弄石，山靈亦不樂有此遊客也。」樂蓮裳跋中又云：「然雄心遠慨，不屑不恭，時復一露，不異疇昔挑燈對榻時語，雖無損於性情，猶未平於嬉笑。」這裡本是規箴之詞，卻能說出日記的一種特色，雖然在樂君看去似乎是缺點。

白香的思想本來很是通達，議論大抵平正，如卷二論儒生泥古誤事，正如不審病理妄投藥劑，鮮不殆者，王荊公即是，「昌黎文公未必不以不作相全其名耳。」

卷七云：「佛者投身飼餓虎及割肉餵鷹，小慧者觀之皆似極愚而可笑之事，殊不知正是大悲心中自驗其行力語耳。……民溺己溺，民饑己饑，亦大悲心耳，即使禹之時有一水鬼，稷之時有一餓鬼，不足為禹稷病也。不與人為善，逞私智以谿刻論人，吾所不取。」其態度可以想見，但對於奴俗者流則深惡痛絕，不肯少予寬假，如卷八記郡掾問鐵瓦，卷九紀蝟鬚蛙腹者拜烏金太子，乃極嬉笑怒罵之能事，在普通文章中蓋殊不常見也。

《日記》文中又喜引用通行的笑話，卷四中有兩則，卷七中有兩則，卷九中有一則，皆詼詭有趣。此種寫法，嘗見王謔菴陶石梁張宗子文中有之，其源蓋出於周秦諸子，而有一種新方術，化臭腐為神奇，這有如妖女美德亞（Medeia）的鍋，能夠把老羊煮成乳羔，在拙手卻也會煮死老頭兒完事，此所以大難也。

《遊山日記》確是一部好書，很值得一讀，但是卻也不好有第二部，最禁不起一學。我既然致了介紹詞，末了不得不有這一點警戒，蓋螃蟹即使好吃，亂吃也是要壞肚子的也。

中華民國廿四年十二月八日，知堂記於北平苦茶庵。

【附記】

據《婺舲餘稿》，嘉慶十三年戊辰（一八〇八）四月廿三日為白香五十生辰，知其生於乾隆廿四年己卯，遊廬山時年四十六，與卷首小像上所題正合。《舒白香雜著》據羅振玉《續匯刻書目》辛為《遊山日記》十二卷，《花仙集》一卷，《雙峰公輓詩》一卷，《和陶詩》一卷，《秋心集》一卷，《南徵集》一卷，《香詞百選》一卷，《湘舟漫錄》三卷，《驂鸞集》三卷，《古南餘話》五卷，《婺舲餘稿》一卷，共十一種。

我所有的一部缺《驂鸞集》，而多有《聯璧詩鈔》二卷，次序亦不相同。周黎菴先生所云「天香戲稿」即是《香詞百選》，計詞一百首，為其門人黃有華所選。我最初知道舒白香雖然因為他的詞譜及箋，可是對於詞實在不大了然，所以這卷《百選》有時也要翻翻看，卻沒有什麼意見可說。

老年

偶讀《風俗文選》，見有松尾芭蕉所著《閉關辭》一篇，覺得很有意思，譯其大意云：

「色者君子所憎，佛亦列此於五戒之首，但是到底難以割捨，不幸而落於情障者，亦復所在多有。有如獨臥人所不知的藏部山梅樹之下，意外地染了花香，若忍岡之眼目關無人守者，其造成若何錯誤亦正難言耳。因漁婦波上之枕而濕其衣袖，破家失身，前例雖亦甚多，唯以視老後猶復貪戀前途，苦其心神於錢米之中，物理人情都不瞭解，則其罪尚大可恕也。

「人生七十世稱稀有，一生之盛時乃僅二十餘年而已。初老之至，有如一夢。五十六十漸就頹齡，衰朽可歎，而黃昏即寢，黎明而起，覺醒之時所思惟者乃只在有所貪得。愚者多思，煩惱增長，有一藝之長者亦長於是非。以此為渡世之業，在貪欲魔界中使心怒發，溺於溝洫，不能善遂其生。南華老仙破除利害，忘卻老少，但令有閒，為老後樂，斯知言哉。人來則有無用之辯，外出則妨他人之事業，亦以為憾。孫敬閉戶，杜五郎鎖門，以無友為友，以貧為富，庶乎其可也。五十頑夫，書此自戒。

「朝顏花呀，白晝還是下鎖的門的圍牆。」

末行是十七字的小詩，今稱俳句，意云早晨看初開的牽牛花或者出來一走，平時便總是關著門罷了。芭蕉為日本「俳諧」大師，詩文傳世甚多，這一篇俳文作於元祿五年（一六九三），芭蕉年四十九，兩年後他就去世了。文中多用典故或雙關暗射，難於移譯，今只存意思，因為我覺得有趣味的地方也就是芭蕉的意見，特別是對於色欲和老年的兩件事。芭蕉本是武士後來出家，但他畢竟還是詩人，所以他的態度很是溫厚，他尊重老年的純淨，卻又寬恕戀愛的錯誤，以為比較老不安分的要好得多，這是很難得的高見達識。

這裡令人想起本來也是武士後來出家的兼好法師來。兼好所著《徒然草》共二百四十三段，我曾經譯出十四篇，論及女色有云：

「惑亂世人之心者莫過於色欲。人心真是愚物：色香原是假的，但衣服如經過薰香，雖明知其故，而一聞妙香，必會心動。相傳久米仙人見浣女脛白，失其神通，實在女人的手足肌膚豔美肥澤，與別的顏色不同，這也是至有道理的話。」

本來訶欲之文出於好色，勸戒故事近於淫書，亦是常事，但那樣明說色雖可憎而實可愛，殊有趣味，正可見老和尚不打誑語也。

此外同類的話尚多，但最有意思的還是那頂有名的關於老年的一篇：

「倘仇野之露沒有消時，鳥部山之煙也無起時，人生能夠常住不滅，恐世間將更無趣味。人世無常，倒正是很妙的事罷。

「遍觀有生，唯人最長生。蜉蝣及夕而死，蟪蛄不知春秋。倘若優游度日，則一歲的光陰也就很是長閒了。如不知厭足，雖歷千年亦不過一夜的夢罷。在不能常住的世間活到老醜，有什麼意思？語云，壽則多辱。即使長命，在四十以內死了最為得體。過了這個年紀便將忘記自己的老醜，想在人群中胡混，到了暮年還溺愛子孫，希冀長壽得見他們的繁榮，執著人生，私欲益深，人情物理都不復瞭解，至可歎息。」

兼好法師生於日本南北朝（一三三二～一三九二）的前半，遭逢亂世，故其思想或傾於悲觀，芭蕉的元祿時代正是德川幕府的盛時，而詩文亦以枯寂為主，可知二人之基調蓋由於趣味性的相似，匯合儒釋，或再加一點莊老，亦是一種類似之點。

中國文人中想找這樣的人殊不易得，六朝的顏之推可以算是一個了，他的《家訓》也很可喜，不過一時還抄不出這樣一段文章來。倒是降而求之於明末清初卻見到一位，這便是陽曲傅青主。在山陽丁氏刻《霜紅龕集》卷三十六雜記中有一條云：

「老人與少時心情絕不相同，除了讀書靜坐如何過得日子。極知此是暮氣，然隨緣隨盡，聽其自然，若更勉強向世味上濃一番，恐添一層罪過。」

青主也是兼通儒釋的，他又自稱治莊列者。所以他的意見很是通達。其實只有略得一家的皮毛的人才真是固陋不通。若是深入便大抵會通達到相似的地方。如陶淵明的思想總是儒家的，但《神釋》末云：

「甚念傷吾生，正宜委運去。縱浪大化中，不喜亦不懼。應盡便須盡，無復獨多慮。」頗與二氏相近，毫無道學家方巾氣，青主的所謂暮氣實在也即從此中出也。

專談老年生活的書，我只見過乾隆時慈山居士所著的《老老恆言》五卷，望雲仙館重刊本。曹庭棟著書此外尚多，我只有一部《逸語》，原刻甚佳，意云《論語》逸文也。《老老恆言》裡的意思與文章都很好，只可惜多是講實用的，少發議論，所以不大有可以抄錄的地方。但如下列諸節亦復佳妙，卷二省心項下云：

「凡人心有所欲，往往形諸夢寐，此妄想惑亂之確證。老年人多般涉獵過來，其為可娛可樂之事滋味不過如斯，追憶間亦同夢境矣。故妄想不可有，並不必有，心逸則日休也。」

又卷一飲食項下云：

「應璩《三叟詩》云，三叟前致辭，量腹節所受。量腹二字最妙，或多或少非他人所知，須自己審量。節者，今日如此，明日亦如此，寧少無多。又古詩云，努力加餐飯。老年人不減足矣，加則必擾胃氣。況努力定覺勉強，縱使一餐可加，後必不繼，奚益焉。」

我嘗可惜李笠翁《閒情偶寄》中不談到老年，以為必當有妙語，或較隨園更有理解亦未可知，及見《老老恆言》覺得可以補此缺恨了。曹君此書前二卷詳晨昏動定之宜，次二卷列居處備用之要，末附《粥譜》一卷，娓娓陳說，極有勝解，與《閒情偶寄》殆可謂異曲而同工也。關於老年雖無理論可供謄錄，但實不愧為一奇書，凡不諱言人有生老病死苦者不妨去一翻閱，即作閒書看看亦可也。

廿四年十二月十一日，於北平。

三部鄉土詩

近二十年來稍稍搜集同鄉人的著作。「這其實也並不能說是搜集，不過偶然遇見的時候把他買來，卻也不是每見必買，價目太貴時大抵作罷。」在《苦竹雜記》裡這樣地說明過，現在可以借來應用。

所謂同鄉也只是山陰會稽兩縣，清末合併稱作紹興縣，但是我不很喜歡這個名稱，除官文書如履歷等外總不常用。本來以年號作縣名，如嘉定等，也是常事，我討厭的是那浮誇的吉語，有如錢莊的招牌，而且泥馬渡康王的紀念也用不著留到今日，不過這是閒話暫且不提。

「看同鄉人的文集，有什麼意思呢？以詩文論，這恐怕不會有多大意思。」這話前回也已說過。「事與景之詩或者有做得工的，我於此卻也並沒有什麼嗜好，大約還是這詩中的事與景，能夠引起我翻閱這些詩文集的興趣。因為鄉曲之見，所以搜集同鄉人的著作，在這著作裡特別對於所記的事與景感到興趣，這也正由於鄉曲之見。紀事寫景之工者亦多矣，今獨於鄉土著作之事與景能隨喜賞識者，蓋因其事多所素知，其景多曾親歷，故感覺甚親切也。」

詩文集有專講一地方的，那就很值得翻閱。這有些是本鄉人所撰，有些是出於外鄉人之手，我都同樣地想要搜集。孔延之的《會稽掇英集》，王十朋的《會稽三賦》各注本，陳祖昭的《鑑湖棹歌》等是第二類，第一類有陶元藻的《廣會稽風俗賦》，翁元圻注本，李壽朋的《越中名勝賦》，周晉鏴的《越中百詠》，周調梅的《越詠》，張桂臣的《越中名勝百詠》等。

但是還有幾種，範圍較小，我覺得更有意思。其一是《娛園詩存》四卷，光緒丙戌刊本。娛園是秦樹銛的別業，在會稽小皋步，陶方琦李慈銘等人所結的「皋社」就在那裡，古來也出過些名人，據我所知道，明末參嚴嵩的沈鍊與清初撰那《度針篇》的聞人均便都是小皋步人（至少沈青霞的後人住在那村裡）。

《詩存》卷一即是皋社聯吟集，卷二三是關於娛園的題詠，卷四曰感懷集，皆主人「愴念存歿」之作。我的大舅父是秦君的女婿，曾經寄寓在那裡，所以在庚子前後我到過娛園有好幾次，讀集中潭水山房微雲樓諸詠，每記起三十多年前夢影，恍忽如在目前。區區一園之興廢，於後之讀者似無關痛癢，但如陶方琦序中所云：

「越風綿亙，盛乎詩巢。詩巢傾翳，百年闃如。音頀多舛，吟律鮮守。皋中詩社，崛起於後。東州蟠鬱，偏師鐘衍。詩社十人，爭長娛園。」

《詩存》四卷正是皋社文獻之僅存者，頗足供參考，娛園主人的詩也只見此集中，少時雖然及見秦少漁先生，惜未能問其先世遺稿，蓋其時但解遊嬉或索畫墨梅而已。

其二是《鞍村雜詠》一卷，道光丁酉刊本。題曰安山第七橋半亭老人，即山陰沈宸桂，著有《壽樟書屋詩鈔》一卷。卷首為《馬鞍村十詠》，序中述村名緣起云：

「余家在馬鞍村。村口有山，其形如馬。秦始皇時，望氣者云，南海有五色氣，遂發卒千人，鑿斷山之岡阜，形如馬鞍。附山居民遂以名村，至今山頂鑿痕具在。」

次為《馬鞍村春日竹枝詞》八首，《村居四時雜詠》廿二首，《村名詞》《庵名詞》各十二首，此外雜題十三首。

沈君詩本平常，又喜沿襲十景之名，或嵌字句，益難出色，唯專就一村紀事寫景，亦別有意義，其村居詩更較佳，如其十八云：

「老妻扶杖念彌陀，稚子划船唱棹歌。村店滿缸新酒賤，俞公塘上醉人多。」寫海邊村景頗有風致。

其廿二末聯云，「村居歌詠知多少，惟愛南湖陸放翁。」又雜題亦多擬劍南體者，可知作者的流派，正亦可謂之「鄉曲之見」，殊令不佞讀之不禁微笑也。

其三是《墟中十八圖詠》一卷，影抄本。有毛奇齡、宋衡、邵廷采、戴名世序，章士俞公穀陶及申跋，章標所畫墟中圖十八幅，章世法敘記十八則，章大來，麟化，士，成楗，成栻，應樞，錡，鐘，世法，標等十人五言絕句各十八首，共一百八十首。

所謂墟者即會稽道墟村，章氏聚族而居之地，擇墟中十八境，會章氏十人，倡為詩章，乃成是集。查文中年代為康熙四十一年壬午（一七〇二），據章士題後當時蓋曾刻板，抄本則似出於乾隆時，筆跡不工，又不懂畫法，所摹圖尤凌亂，但即看此本而尚覺圖之可喜，然則原畫之佳蓋可知矣。

戴南山序署壬午閏六月，其稱述墟中圖云：

「余披其圖，泉石之美秀，峰嶺之俊拔，園林之幽勝，亭館之參差，云樹之縹緲，魚鳥之飛躍，以及桑麻果蔬，牛羊雞犬，藩籬村落，場圃帆檣，莫不歷歷在目，而恍若身遊其中，則余又何必以未至為恨乎。」

這雖似應酬的套語，其實卻是真話，因為他畫的確有特色，不是普通的山水畫那樣到處皆是而又沒有一處是的。

我最喜歡那第十二的杜浦一幅。我從小就聽從杜浦來的一個章姓工人講海邊的事，沙地與「舍」（草屋），棉花與西瓜，角雞與獾豬等等，至今不能忘記。看那圖時自然更有興味，沿海小村，有幾所人家，卻不荒涼，沙磧上兩人抬了一乘兜轎，有地方稱「過山龍」，頗有頰上添毫之妙。又第十八宜嘉尖，畫一田莊，柴門臨水，門口泊酒船，有兩個工人抬著一大罈往裡邊走。第四南陽阪，有山有河，有橋有船，有田有人，有牛有樹，此真是東南農村的一角也，其真實處幾乎要有點像地圖了，而仍有圖畫之美，在尋常山水冊中豈容易找得出乎。詩的數目十倍於圖，但是我沒有多少話可說。這裡且舉出章應樞的一首《杜浦》來：

「沙堆何累累，見沙不見水。負擔上塘來，識是隔江子。」

據章士題後云：「歲辛巳余與宗人聯吟墟中，合兩山之間擇而賦之，得境十八，凡十人，得詩一百八十，寧澀毋滑，寧生毋熟，寧野樸不近人情，毋為兒女子囁嚅態。」可以約略知道他們的態度，但是王維裴迪往矣，後之人欲用五言詠風土之美，輞川在前，雖美弗彰也。大抵此類書籍的價值重在文獻的方面，若以文藝論未免見絀，唯墟中圖則自有佳處，我只可惜未能得到原刊本耳。

廿四年十二月十五日，在北平。

記海錯

王漁洋《分甘餘話》卷四載鄭簡菴《新城舊事序》有云：

「漢太上作新豐，並移舊社，士女老幼，相攜路首，各知其室，放雞犬於通途，亦競識其家，則鄉亭宮館盡入描摹也。沛公過沛，置酒悉召父老諸母故人道舊，故為笑樂，則酒瓢羹碗可供笑謔也。郭璞注《爾雅》，陸佃作《埤雅》，釋魚釋鳥，讀之令人作濠濮間想，覺鳥獸禽魚自來親人也。」

這是總說鄉里志乘的特色，但我對於紀風物的一點特別覺得有趣味。小時候讀《毛詩草木鳥獸蟲魚疏》與《花鏡》等，所以後來成為一種習氣，喜歡這類的東西。可是中國學者雖然常說格物，動植物終於沒有成為一門學問，直到二十世紀這還是附屬於經學，即《詩經》與《爾雅》的一部分，其次是醫家類的《本草》，地志上的物產亦是其一。

普通志書都不很著重這方面，紀錄也多隨便，如宋高似孫的《剡錄》可以說是有名的地志，裡邊有草木禽魚詁兩卷，占全書十分之二，分量不算少了，但只引據舊文，沒有多大價值。單行本據我所看見的有黃本驥的《湖南方物志》四卷，汪曰楨的《湖雅》九卷，均頗佳。二書雖然也是多引舊籍，黃氏引有自己的《三長物齋長說》好許多，汪氏又幾乎每條有案語，與純粹輯集者不同。黃序有云：

「仿《南方草木狀》，《益部方物略》，《桂海虞衡志》，《閩中海錯疏》之例，題曰『湖南方物志』。」至於個人撰述之作，我最喜歡郝懿行的《記海錯》，郭柏蒼的《海錯百一錄》五卷，《閩產錄異》六卷，居其次。郭氏紀錄福建物產至為詳盡，明謝在杭《五雜組》卷九至十二凡四卷為物部，清初周亮工著《閩小記》四卷，均亦有所記述，雖不多而文辭佳勝，郝氏則記山東登萊海物者也。

郝懿行為乾嘉後期學者，所注《爾雅》其精審在邢邵之上。《曬書堂文集》卷二《與孫淵如觀察書》（戊辰）有云：

「嘗論孔門多識之學殆成絕響，唯陸元恪之《毛詩疏》剖析精微，可謂空前絕後，蓋以故訓之倫無難鉤稽搜討，乃至蟲魚之注，非夫耳聞目驗，未容置喙其間，牛頭馬髀，強相附會，作者之體又宜舍諸。少愛山澤，流觀魚鳥，旁涉夭條，靡不覃研鑽極，積歲經年，故嘗自謂《爾雅》下卷之疏，幾欲追蹤元恪，陸農師之《埤雅》，羅端良之翼雅，蓋不足言。」

這確實不是誇口，雖然我於經學是全外行，卻也知道他的箋注與眾不同，蓋其講蟲魚多依據耳聞目驗，如常引用民間知識及俗名，在別人書中殆不能見到也。

又《答陳恭甫侍御書》（丙子）中云：

「賤患偏疝，三載於今，邇來體氣差覺平復耳。以此之故，蟲魚輟注，良以慨然。比緣閒廢，聊刊《瑣語》小書，欲為索米之貲，（七年無俸米吃），自比抄胥，不堪覆瓿，只恐流播人間作話柄耳。」即此可見他對於注蟲魚的興趣與尊重，雖然那些《宋瑣語》《晉宋書故》的小書也是很有意思的著作，都是我所愛讀的。

《蜂衙小記》後有牟廷相跋云：

「昔人云，《爾雅》注蟲魚，定非磊落人。余謂磊落人定不能注蟲魚耳。浩浩落落，不辨馬牛，那有此靜中妙悟耶？故願與天下學靜，不願學磊落。如有解者，示以《蜂衙小記》十五則。」牟氏著有《詩意》，雖不得見，唯在郝氏《詩問》中見所引數條，均有新意，可知亦是解人也，此跋所說甚是，正可作上文的說明。《寶訓》八卷，《蜂衙小記》，《燕子春秋》各一卷，均有牟氏序跋，與《記海錯》合刻，蓋郝君注蟲魚之緒餘也。

《記海錯》一卷，凡四十八則，小引云，「海錯者《禹貢》圖中物也，故《書》《雅》記厥類實繁，古人言矣而不必見，今人見矣而不能言。余家近海，習於海久，所見海族亦孔之多，遊子思鄉，興言記之。所見不具錄，錄其資考證者，庶補《禹貢疏》之闕略焉。時嘉慶丁卯戊辰書。」

王善寶序云：「農部郝君恂九自幼窮經，老而益篤，日屈身於打頭小屋，孜孜不倦。有餘閒記海錯一冊，舉鄉里之稱名，證以古書而得其貫通，刻畫其形亦畢肖也。」

此書特色大略已盡於此，即見聞真，刻畫肖耳。如土肉一則云：

「李善《文選・江賦》注引《臨海水土異物志》曰，土肉正黑，如小兒臂大，長五寸，中有腹，無口目，有三十足，炙食。余案今登萊海中有物長尺許，淺黃色，純肉無骨，混沌無口目，有腸胃。海人沒水底取之，置烈日中，濡柔如欲消盡，瀹以鹽則定，然味仍不鹹，用炭灰醃之即堅韌而黑，收乾之猶可長五六寸。貨致遠方，啖者珍之，謂之海參，蓋以其補益人與人參同也。《臨海志》所說當即指此，而云有三十足，今驗海參乃無足而背上肉刺如釘，自然成行列，有二三十枚者，《臨海志》欲指此為足則非矣。」

《閩小記》《海錯百一錄》所記都不能這樣清爽。又記蝦云：

「海中有蝦長尺許，大如小兒臂，漁者網得之，俾兩兩而合，日乾或醃漬貨之，謂為對蝦，其細小者乾貨之曰蝦米也。案《爾雅》云，鰝大蝦。郭注，蝦大者出海中，長二三丈，鬚長數尺，今青州呼蝦魚為鰝。《北戶錄》云，海中大紅蝦長二丈餘，頭可作杯，鬚可作簪，其肉可為膾，甚美。又云，蝦鬚有一丈者，堪拄杖。《北戶錄》之說與《爾雅》合。余聞榜人言，船行海中或見列桅如林，橫碧若山，舟子漁人動色攢眉，相戒勿前，碧乃蝦背，桅即蝦鬚矣。」此節文字固佳，稍有小說氣味，蓋傳聞自難免張大其詞耳。

《五雜組》卷九云：「龍蝦大者重二十餘斤，鬚三尺餘，可為杖。蚶大者如斗，可為香爐。蚌大者如箕。此皆海濱人習見，不足為異也。」

《閩小記》卷一龍蝦一則云：

「相傳閩中龍蝦大者重二十餘斤，鬚三尺餘，可作杖，海上人習見之。予初在會城，曾未一睹，後至漳，見極大者亦不過三斤而止，頭目實作龍形，見之敬畏，戒不敢食。後從張賡陽席間誤食之，味如蟹螯中肉，鮮美逾常，遂不能復禁矣。有空其肉為燈者，貯火其中，電目血舌，朱鱗火鬣，如洞庭君擘青天飛去時，攜之江南，環觀橋舌。」

《海錯百一錄》卷四記蟲其一龍蝦云：

「龍蝦即蝦魁，目睛隆起，隱露二角，產寧德。《嶺表錄異》云，前兩腳大如人指，長尺餘，上有芒刺銛硬，手不可觸，腦殼微有錯，身彎環，亦長尺餘，熟之鮮紅色，名蝦杯。蒼案，寧德以龍蝦為燈，居然龍也，以其大乃稱之為魁。僕人陳照賈呂宋，舶頭突駕二朱柱，夾舶而趨，舶人焚香請媽祖棍三擊，如樺燭對列，閃灼而逝，乃悟為蝦鬚。《南海雜誌》，商舶見波中雙檣搖盪，高可十餘丈，意其為舟，老長年曰，此海蝦乘霽曝雙鬚也。《洞冥記》載有蝦鬚杖。舉此則龍蝦猶小耳。」

將這四篇來一比較，郝記還是上品，郭錄本來最是切實，卻仍多俗信，如記美人魚海和尚撒尿鳥之類皆是，又《閩產錄異》卷五記豕身人首的緜神，有云「山精木魅，奇禽異獸，難以殫述」，書刻於光緒丙戌，距今才五十年，但其思想則頗陳舊也。郝記中尚有蟹，海盤纏，海帶諸篇均佳，今不具引。

《曬書堂詩鈔》卷上有詩曰「拾海錯」，原注云「海邊人謂之趕海」，詩有云：「漁父攜筠籃，追隨者稚子，逐蝦尋海舌，淘泥拾鴨嘴（海舌即水母，蜆形如鴨嘴），細不遺蟹奴，牽連及魚婢。」郝詩非其所長，但此數語頗有意思。《曬書堂文集》，《筆錄》及諸所著述書中，則佳作甚多，惜在這裡不能多贅。清代北方學者我於傅青主外最佩服郝君，他的學術思想彷彿與顏之推賈思勰有點近似，切實而寬博，這是我所喜歡的一個境界也。

郝氏遺書龐然大部，我未能購買，但是另種也陸續搜到二十種，又所重刻雅雨堂本《金石例》亦曾得到，皆可喜也。

廿四年十二月廿四日，於北平。

本色

閱郝蘭皋《曬書堂集》，見其《筆錄》六卷，文字意思均多佳勝，卷六有本色一則，其第三節云：

「西京一僧院後有竹園甚盛，士大夫多遊集其間，文潞公亦訪焉，大愛之。僧因具榜乞命名，公欣然許之，數月無耗，僧屢往請，則曰，吾為爾思一佳名未得，姑少待。逾半載，方送榜還，題曰竹軒。妙哉題名，只合如此，使他人為之，則綠筠瀟碧，為此君上尊號者多矣（《艮齋續說》八）。余謂當公思佳名未得，度其胸中亦不過綠筠瀟碧等字，思量半載，方得真詮，千古文章事業同作是觀。」

郝君常引王漁洋尤西堂二家之說，而《艮齋雜說》為多，亦多有妙解。近來讀清初筆記，覺有不少佳作，王漁洋與宋牧仲，尤西堂與馮鈍吟，劉繼莊與傅青主，皆是。我因《筆錄》而看《艮齋雜說》，其佳處卻已多被郝君引用了，所以這裡還是抄的《筆錄》，而且他的案語也有意思，很可以供寫文章的人的參考。

寫文章沒有別的訣竅，只有一字曰簡單。這在普通的英文作文教本中都已說過，叫學生造句分章第一要簡單，這才能得要領。不過這件事大不容易，所謂三歲孩童說得，八十老翁行不得者也。《鈍吟雜錄》卷八有云：

「平常說話，其中亦有文字。歐陽公云，見人題壁，可以知人文字。則知文字好處正不在華綺，儒者不曉得，是一病。」

其實平常說話原也不容易，蓋因其中即有文字，大抵說話如華綺便可以稍容易，這只要用點脂粉工夫就行了，正與文字一樣道理，若本色反是難。為什麼呢？本色可以拿得出去，必須本來的質地形色站得住腳，其次是人情總缺少自信，想依賴修飾，必須洗去前此所塗脂粉，才會露出本色來，此所以為難也。想了半年這才丟開綠筠瀟碧等語，找到一個平凡老實的竹軒，此正是文人的極大的經驗，亦即後人的極好的教訓也。

好幾年前偶讀宋唐子西的《文錄》，見有這樣一條，覺得非常喜歡。文云：「關子東一日寓辟廱，朔風大作，因得句云，夜長何時旦，苦寒不成寐。以問先生云，夜長對苦寒，詩律雖有剉對，亦似不穩。先生云，正要如此，一似藥中要存性也。」

這裡的剉對或蹉對或句中對的問題究竟如何，現在不去管他，我所覺得有意思的是藥中存性的這譬喻，那時還起了「煅藥廬」這個別號。當初想老實地叫存性廬，嫌其有道學氣，又有點像藥酒店，叫做藥性廬呢，難免被人認為國醫，所以改做那個樣子。

煅藥的方法我實在不大了然，大約與煮酒焙茶相似，這個火候很是重要，才能使藥材除去不要的分子而仍不失其本性，此手法如學得，真可通用於文章事業矣。存性與存本色未必是一件事，我卻覺得都是很好的話，很有益於我們想寫文章的人，所以就把他抄在一起了。

《鈍吟雜錄》卷八遺言之末有三則，都是批評謝疊山所選的《文章規範》的，其第一則說得最好。文云：

「大凡學文初要小心，後來學問博，識見高，筆端老，則可放膽。能細而後能粗，能簡而後能繁，能純粹而後能豪放。疊山句句說倒了。至於俗氣，文字中一毫著不得，乃云由俗入雅，真戲論也。東坡先生云，嘗讀《孔子世家》，觀其言語文章循循然莫不有規矩，不敢放言高論。然則放言高論，夫子不為也，東坡所不取也。謝枋得敘放膽文，開口便言初學讀之必能放言高論，何可如此，豈不教壞了初學。」

鈍吟的意見我未能全贊同，但其非議宋儒宋文處大抵是不錯的，這裡說要小心，反對放言高論，我也覺得很有道理。卷一家戒上云：

「士人讀書學古，不免要作文字，切忌勿作論。」這說得極妙，他便是怕大家做漢高祖論，胡說霸道，學上了壞習氣，無法救藥也。卷四讀古淺說中云：

「余生僅六十年，上自朝廷，下至閭里，其間風習是非，少時所見與今日已迴然不同，況古人之事遠者數千年，近者猶百年，一以今日所見定其是非，非愚則誣也。宋人作論多俗，只坐此病。」

作論之弊素無人知，禍延文壇，至於今日，馮君的話真是大師子吼，惜少有人能傾聽耳。小心之說很值得中小學國文教師的注意，與存性之為文人說法不同，應用自然更廣，利益也就更大了。

不佞作論三十餘年，近來始知小心，他無進益，放言高論庶幾可以免矣，若夫本色則猶望道而未之見也。

廿四年十二月廿五日。

鈍吟雜錄

《池北偶談》卷十七有馮班一條，稱其博雅善持論，著《鈍吟雜錄》六卷，又云：「定遠論文多前人未發，但罵嚴滄浪不識一字，太妄。」

我所有的一部《鈍吟雜錄》，係嘉慶中張海鵬刊本，凡十卷，與《四庫書目提要》所記的相同，馮氏猶子武所輯集，有己未年序，蓋即乾隆四年，可知不是漁洋所說的那六卷原本了。序中稱其情性激越，忽喜忽怒，里中俗子皆以為迂，《提要》亦云詆斥或傷之激，這與漁洋所謂妄都是他大膽的一方面。

序中記其斥《通鑑綱目》云：

「凡此書及致堂《管見》以至近世李氏《藏書》及金聖歎才子書，當如毒蛇蚖蠍，以不見為幸，即歐公老泉漁仲疊山諸公，亦須小心聽之。」

馮氏不能瞭解卓吾聖歎，在那時本來也不足怪（李氏的史識如何我亦尚未詳考），若其批評宋人的文章思想處卻實在不錯，語雖激而意則正，真如《提要》所云論事多達物情，我看十卷《雜錄》中就只這個是其精髓，自有見地，若其他也不過一般云云罷了。

《雜錄》卷一家戒上云：

「士人讀書學古，不免要作文字，切忌勿作論。成敗得失，古人自有成論，假令有所不合，闕之可也，古人遠矣，目前之事猶有不審，況在百世之下而欲懸言其是非乎。宋人多不審細止，如蘇子由論蜀先主云，據蜀非地也，用孔明非將也。考昭烈生平未嘗用孔明為將，不據蜀便無地可措足，此論直是不讀《三國志》。宋人議論多如此，不可學他。」

切忌勿作論，這是多麼透徹的話，正是現在我們所要說的，卻一時想不到那麼得要領有力量。我們平常知道罵八股，實在還應該再加上一種「論」，因為八股教人油腔滑調地去說理，論則教人胡說霸道地去論事，八股使人愚，論則會使人壞。大家其實也早已感到這點，王介甫也有較好的文章，只因先讀了他的孟嘗君論，便不歡喜他，還有些人讀了三蘇策論之後一直討厭東坡，連尺牘題跋都沒有意思去看了，這都是實例。鈍吟一口喝破，真是有識見，不得不令人佩服。

卷四讀古淺說有一條云：「讀書不可先讀宋人文字。」何議門評注云，「吾輩科舉人初見此語必疑其拘葸，甚且斥為凡陋，久閱知書味，自信為佳。」評語稍籠統，還是找他自己的話來做解說吧。卷八遺言云：

「宋人說話只要說得爽快，都不料前後。」

又卷二家戒下云：「古人文字好惡俱要論理，如宋人則任意亂說，只練文字（何評，蘇文如是者多矣。），謝疊山《文章規範》尤非，他專以誣毀古人為有英氣，此極害事。」

卷八又云：「宋人談性命，真開千古之絕學，……但論人物談政事言文章，便是隔壁說話。」下半說得不錯，上半卻有問題。馮氏論事雖有見識，但他總還想自附於聖學，說話便常有矛盾，不能及不固執一派的人，如傅青主，或是尤西堂。

其實他在卷二已說過道：「不愛人，不仁也。不知世事，不智也。不仁不智，無以為儒也。未有不知人情而知性者。」

又卷四云：

「不近人情而云盡心知性，吾不信也，其罪在不仁。不知時勢而欲治國平天下，吾不信也，其罪在不智。不仁不智，便是德不明。」

這兩節的道理如何是別一事，但如根據這道理，則論人物而苛刻，談政事而糊塗，即是不仁不智了，與性命絕學便沒有關係。

傅青主《霜紅龕集》卷三十六（丁氏刊本）《雜記一》中有云：「李念齋有言，東林好以理勝人。性理中宋儒諸議論無非此病。」

又卷四十《雜記五》云：「宋人之文動輒千百言，蘿莎冗長，看著便厭，靈心慧舌，只有東坡。昨偶讀曾子固《戰國策》《說苑》兩序，責子政自信不篤，真笑殺人，全不看子政敘中文義而要自占地步，宋人往往挾此等技為得意，那可與之言文章之道。文章誠小技，可憐終日在裡邊盤桓，終日說夢。」

傅君真是解人，所說並不怎麼凌厲，卻著實得要領，也頗有風致，這一點似勝於鈍吟老人也。我常懷疑中國人相信文學有用而實在只能說濫調風涼話其源蓋出於韓退之，而其他七大家實輔成之，今見傅馮二公的話，覺得八分之六已可證實了，餘下的容再理會。

《雜錄》卷一云：

「樂無與於衣食也，金石絲竹，先王以化俗，墨子非之。詩賦無與於人事也，溫柔敦厚，聖人以教民，宋儒惡之。

「漢人云，大者與六經同義，小者辨麗可喜。言賦者莫善於此，詩亦然也。仁者樂山，智者樂水，詠之何害。

「風雲月露之詞，使人意思蕭散，寄託高勝，君子為之，其亦賢於博弈也。以筆墨勸淫詩之戒，然猶勝於風刺而輕薄不近理者，此有韻之謗書，唐人以前無此，不可不知也。」

講到詩，這我有點兒茫然，但以為放蕩的詩猶比風刺而輕薄不近理者為勝，然則此豈不即是宋人論人物之文章耶。

我近年常這樣想，讀六朝文要比讀八大家好，即受害亦較輕，用舊話來說，不至害人心術也。鈍吟的意思或者未必全如此，不過由詩引用到文，原是一個道理，我想也別無什麼不可罷。

《雜錄》卷一家戒上又有幾節關於教子弟的，頗多可取，今抄錄其一云：

「為子弟擇師是第一要事，慎無取太嚴者。師太嚴子弟多不令，柔弱者必愚，剛強者懟而為惡，鞭撲叱咄之下使人不生好念也。凡教子弟勿違其天資，若有所長處當因而成之。教之者所以開其知識也，養之者所以達其性也。年十四五時，知識初開，精神未全，筋骨柔脆，譬如草木，正當二三月間，養之全在此際。噫，此先師魏叔子之遺言也，我今不肖，為負之矣。」何注曰，「少小多過，賴嚴師教督之恩，得比人數，以為師不嫌太嚴也，及後所聞見，亦有鈍吟先生所患者，不可以不知。」

馮氏此言甚有理解，非普通儒者們所能及。傅青主家訓亦說及這個問題，頗主嚴厲，不佞雖甚喜霜紅龕的思想文字，但於此處卻不得不捨傅而取馮矣。

廿四年十二月廿八日。

燕京歲時記

《燕京歲時記》一卷，富察敦崇著，據跋蓋完成於光緒庚子，至丙午（一九〇六）始刊行，板似尚存，市上常有新印本可得。初在友人常君處所見係宣紙本，或是初印，我得到的已是新書了，但仍係普通粉連，未用現今為舉世所珍重的機製連史紙，大可喜也。

潤芳序中略述敦君身世，關於著作則云：

「他日過從，見案頭有《燕京歲時記》一卷，捧讀一過，具見匠心，雖非鉅製鴻文，亦足資將來之考證，是即《景物略》《歲華記》之命意也。雖然，如禮臣者其學問豈僅如此，尚望引而伸之，別有著作，以為同學光，則予實有厚望焉。」

其實據我看來這《歲時記》已經很好了，但是我卻又能夠見到他別的著作，更覺得有意思。這也並非鉅製鴻文，只是薄薄的一冊文集，題曰「畫虎集文鈔」，上有我的二月十四日的題記云：

「前得敦禮臣著《燕京歲時記》，心愛好之。昨遊廠甸見此集，亟購歸，雖只寥寥十三葉，而文頗質樸，亦可取也。」

這書雖然亦用粉連紙印，而刻板極壞，比湖北崇文書局本還要難看，有幾處已經糊紙改寫，錯字卻仍不少，如庶起士會刻作庶吉主，可見那時校刻的草草了。

集中只有文十一篇，首篇是覆其內弟書，敘庚子之變，自稱年四十六，末為周毓之詩序，作於甲子春，署七十老人某病中拜序，可以知其年歲及刻書的時代大概。十一篇中有六篇都說及庚子，深致慨歎，頗有見識，辛亥後作雖意氣銷沉，卻無一般遺老醜語，更為大方，曾讀《涉江文鈔》亦有此感，但惜唐氏尚有理學氣耳。

辛丑所作《增舊園記》有云：

「斯園也以彈丸之地，居兵燹之中，雖獲瓦全，又安能長久哉。自今以往，或屬之他人，或鞠為茂草，或踐成蹊徑，或墾作田疇，是皆不可知矣，更何敢望如昔之歌舞哉。」

此增舊園在鐵獅子胡同，即鐵獅子所在地，現在不知如何了，昔年往東北城教書常走過此街，見有高牆巍巍，乃義威將軍張宗昌別宅也，疑即其處。記末又言古來宮殿盡歸毀滅，何況蕞爾一園，復云：

「其所以流傳後世者亦惟有紙上之文章耳，文章若在則斯園為不朽矣，此記之所由作也。」今園已不存，此十三葉的文集不知天壤間尚有幾本，則記之存蓋亦僅矣。

《碣石逋叟周毓之詩序》云：

「癸亥嘉平以詩一卷見寄，並囑為序。研讀再四，具見匠心，間亦有與予詩相似者。蓋皆讀書無多，純任天籟，正如鳥之鳴春，蟲之鳴秋，嘈嘈唧唧，聒耳不已，詰其究竟，鳥既不知所鳴者為何聲，蟲亦不知所鳴者為何律也，率其性而已矣，吾二人之詩亦復如此。」

《畫虎集》中無詩抄，只在《歲時記》中附錄所作六首，遊潭柘山三首及釣魚臺一首均係尋常遊覽之作，京師夏日閨詞兩首稍佳，大抵與所自敘的話相合，這在詩裡未能怎麼出色，但不是開口工部，閉口涪翁，總也乾淨得多，若是在散文裡便更有好處了。

《歲時記》跋之二云：

「此記皆從實錄寫，事多瑣碎，難免冗雜蕪穢之譏，而究其大旨無非風俗遊覽物產技藝四門而已，亦《舊聞考》之大略也。」

這從實錄寫，事多瑣碎兩件事，據我看來不但是並無可議，而且還是最可取的一點。本來做這種工作，要敘錄有法，必須知識豐富，見解明達，文筆殊勝，才能別擇適當，佈置得宜，可稱合作，若在常人徒拘拘於史例義法，容易求工反拙，倒不如老老實實地舉其所知，直直落落地寫了出來，在瑣碎樸實處自有他的價值與生命。

記中所錄遊覽技藝都是平常，其風俗與物產兩門頗多出色的紀述，而其佳處大抵在不經意的地方，蓋經意處便都不免落了窠臼也。如一月中記耍耗子耍猴兒耍苟利子跑旱船，十月的糟蟹良鄉酒鴨兒廣柿子山裏紅，風箏毽兒琉璃喇叭唪唪噔太平鼓空鐘，蛐蛐兒聒聒兒油壺盧，梧桐交嘴祝頂紅老西兒燕巧兒，栗子白萩中果南糖薩齊瑪芙蓉糕冰糖壺盧溫朴，赤包兒鬭姑娘海棠木瓜漚樸各條，都寫得很有意思。

又如五月的石榴夾竹桃云：

「京師五月榴花正開，鮮明照眼，凡居人等往往與夾竹桃羅列中庭，以為清玩。榴竹之間，必以魚缸配之，朱魚數頭，游泳其中，幾於家家如此。故京師諺曰，天篷魚缸石榴樹。蓋譏其同也。」

七月的荷葉燈蒿子燈蓮花燈云：

「中元黃昏以後，街巷兒童以荷葉燃燈，沿街唱曰：荷葉燈，荷葉燈，今日點了明日扔。又以青蒿粘香而燃之，恍如萬點流螢，謂之蒿子燈。市人之巧者又以各色彩紙製成蓮花蓮葉花籃鶴鷺之形，謂之蓮花燈。謹案《日下舊聞考》荷葉燈之製自元明以來即有之，今尚沿其舊也。」

又其記薩齊瑪等云：

「薩齊瑪乃滿洲餑餑，以冰糖奶油合白麵為之，形如糯米，用不灰木烘爐烤熟，遂成方塊，甜膩可食。芙蓉糕與薩齊瑪同，但面有紅糖，豔如芙蓉耳。冰糖壺盧乃用竹簽貫以葡萄山藥豆海棠果山裏紅等物，蘸以冰糖，甜脆而涼。」

記赤包兒等云：

「每至十月，市肆之間則有赤包兒鬪姑娘等物。赤包兒蔓生，形如甜瓜而小，至初冬乃紅，柔軟可玩。鬪姑娘形如小茄，赤如珊瑚，圓潤光滑，小兒女多愛之，故曰鬪姑娘。」

赤包兒這名字常聽小孩們叫，即是栝樓，鬪姑娘這種植物在花擔上很多見，不知道有無舊名，或者是近來輸入亦未可知，日本稱作「姬代代」，姬者表細小意的接頭語，代代者橙也，此本係茄科，蓋言其實如小柳丁耳，漢名亦不可考。鬪字意不甚可解，或是逗字，在北京音相同，但亦不敢定也。

唐涉江（原名震鈞）著《天咫偶聞》，紀北京地理故實，亦頗可看，可與《歲時記》相比，但唐書是《藤陰雜記》一流，又用心要寫得雅馴，所以缺少這些質樸瑣屑的好處。兩者相比，《偶聞》雖或可入著作之林，而自有其門戶，還不如《歲時記》之能率性而行也。

民國廿四年除夕，於北平。

毛氏說詩

民國二十五年元日，陰寒而無風，不免到廠甸去走一趟，結果只買到吾鄉潘素心的詩集《不櫛吟》正續七卷，此外有若干本叢書的零種。這裡邊有一本是《西河合集》內的《白鷺洲主客說詩》一卷與《續詩傳鳥名卷》三卷。

我是在搜集同鄉的著作，但是《西河合集》卻並沒有，說理由呢，其一他是蕭山人，不在小同鄉的範圍內，其二則因為太貴，這種價近百元的大書還沒有買過。所以我所有的便只有些零種殘本，如尺牘詩詞話連廂之類，這本《說詩》也是我所想要的，無意中得來覺得很可喜，雖然這有如乞兒拾得蚌殼可以當飯瓢，在收藏家看來是不值一笑的。

毛氏說話總有一種「英氣」，這很害事，原是很有理的一件事，這樣地說便有稜角，雖間有諧趣而缺少重量，算來還是不上算，至於不討人歡喜尚在其次。提起毛西河恐怕大家總有點厭他善罵，被罵的人不免要回敬一兩句，這也是自然的，不過特別奇怪的是全謝山，他那種的罵法又說明是他老太爺的話，真是出奇得很。

這很有點難懂，但是也可以找到相類的例。姚際恆著《詩經通論》卷前論旨中論列自漢至明諸詩解，關於豐坊有云：

「豐氏《魯詩世學》極罵季本。按季明德《詩學解頤》亦頗平庸，與豐氏在伯仲間，何為罵之，想以仇隙故耶？」

毛西河喜罵人，而尤喜罵朱晦庵，《四書改錯》是很聞名的一案，雖然《勸戒錄》中還沒有派他落拔舌地獄或編成別的輪迴故事，這實在是他的運氣。那說詩的兩種恰好也是攻擊朱子的，在這一點上與姚首源正是同志，《詩經通論》卷前的這一節話可以做他們共同的聲明：

「《集傳》主淫詩之外其謬戾處更自不少，愚於其所關義理之大者必加指出，其餘則從略焉。總以其書為世所共習，寧可獲罪前人，不欲遺誤後人，此素志也，天地鬼神庶鑒之耳。」

姚最反對淫詩之說，有云：

「《集傳》只是反《序》中諸詩為淫詩一著耳，其他更無勝《序》處。」毛的《說詩》中說淫詩十二條，占全書五分之三，說雜詩四條都是反朱的。《鳥名卷》雖說是釋鳥，目標也在《集傳》，第一則關關雎鳩便云：

「《論語》，小子學詩，可以多識於鳥獸草木之名，而朱氏解《大學》格物又謂當窮致物理，則凡經中名物何一可忽，況顯作詩注，豈有開卷一物而依稀鶻突越數千百年究不能指定為何物者。」

姚氏於名物不甚措意，其說見於卷前論旨中，但與《鳥名卷》頗有因緣，這是很有意思的事。《鳥名卷》序云康熙乙酉重理殘卷，姚書序亦寫於是年，又毛云：

「會錢唐姚彥暉攜所著《詩識名解》請予為序，其書甚審博，讀而有感，予乃踵前事云云。」姚亦云：

「作是編訖，侄炳以所作《詩識名解》來就正，其中有關詩旨者間採數條，足輔予所不逮。」此姚彥暉蓋即侄炳。

《鳥名卷》之一燕燕於飛條下云：

「乃燕只一字，其曰燕燕者，兩燕也。何兩燕？一於歸者，一送者。」《詩經通論》卷三引《識名解》云：

「《釋鳥》曰，燕燕鳦。又《漢書》童謠云，燕燕尾涎涎。按鳦鳥本名燕燕，不名燕，以其雙飛往來，遂以雙聲名之，若周周蛩蛩猩猩狒狒之類，近古之書凡三見而適合，此經及《爾雅》《漢書》是也。若夫單言燕者乃烏也，《釋鳥》曰，燕白脰烏，可據，孔鮒亦謂之燕烏。故以燕燕為兩燕及曲為重言之說者，皆非也。」

二人皆反對《集傳》重言之說，而所主張又各不同，亦頗有趣，西河既見《詩識名解》，不知何以對於燕燕雙名之說不加以辯駁也。《鳥名卷》解說「鶉之奔奔」頗有妙解，奔奔朱注云居有常匹飛則相隨之貌，毛糾正之云：

「按鶉本無居，不巢不穴，每隨所過，但偃伏草間，一如上古之茅茨不掩者，故《尸子》曰，堯鶉居，《莊子》亦曰，聖人鶉居，是居且不定，安問居匹，若行則鶉每夜飛，飛亦不一，以竄伏無定之禽而誣以行隨，非其實矣。」

毛氏非師爺，而關於居飛的挑剔大有刀筆氣息，令人想起章實齋，不過朱子不認識鵪鶉，以為是鵲類，奔奔彊彊的解釋也多以意為之，其被譏笑亦是難怪也。又「鸛鳴於垤」，朱注云，「將陰雨則穴處者先知，故蟻出垤，而鸛就食，遂鳴於其上也。」毛云：

「《禽經》，鸛仰鳴則晴，俯鳴則雨。今第鳴垤，不辨俯仰，其為晴為雨不必問也。但鳴垤為蟻穴知雨，雨必出垤而鸛就食之，則不然。禽凡短咮者能啄蟲豸，謂之噣食。豈有大鳥長喙而能噣及蚍蟻者，誤矣。」

長嘴的鸛啄食螞蟻，的確是笑話，其實就是短嘴鳥也何嘗吃螞蟻呢？大約螞蟻不是好吃的東西，所以就是嘴最短的鐵嘴麻鳥黃脰等，也不曾看見他們啄食過。晴雨不必問，原是妙語，唯上文云「零雨其濛」，則此語失其效力矣，反不如姚云：

「又謂將陰雨則穴處先知之，亦鑿，詩已言零雨矣，豈特將雨乎。」又《小雅》「鶴鳴於九皋」，朱注，「鶴鳥名，長頸竦身高腳，頂赤身白，頸尾俱黑。」毛云：

「《集注》凡鳥獸草木盡襲舊注而一往多誤，惟此鶴則時所習見，疑翼青尾白為非是，遂奮改曰頸尾黑，以其所見者是立鶴，立則斂翼垂尻，其帔黝然，實未嘗揭兩翮而見其尾也。明儒陳晦伯作《經典稽疑》，調笑之曰，其黑者尾耶。」

又《說詩》末一則亦：

「鶴鳴於九皋，《正義》引陸璣疏謂頂赬翼青身白，而朱氏習見世所畜鶴鎩羽而立，皆翼白尾黑者，奮筆改為頂赤頸尾俱黑，公然傳之五百年，而不知即此一羽之細已自大誤，先生格物安在耶。」姚亦云：

「按鶴兩翼末端黑，非尾黑也。彼第見立鶴，未見飛鶴，立者常斂其兩翼，翼末黑毛垂於後，有似乎尾，故誤以為尾黑耳。格物者固如是乎。陳晦叔《經典稽疑》已駁之。」

鶴尾本微物，但是這個都不知道，便難乎其為格物君子了。名物之學向來為經學的附庸，其實卻不是不重要的，有如中學課程中的博物，學得通時可以明瞭自然的情狀，更能夠知道世事，若沒有這個只懂得文字，便不大改得過秀才氣質也。毛姚二君又有關於「七月在野」四句的解說，亦有新意，但以事關昆蟲，抄來又太長，故只得從略，亦可惜也。

廿五年一月四日，在北平。

關於紙

答應謝先生給《言林》寫文章，卻老沒有寫。謝先生來信催促了兩回，可是不但沒有生氣，還好意地提出兩個題目來，叫我採納。其一是因為我說愛讀谷崎潤一郎的《攝陽隨筆》，其中有《文房具漫談》一篇，「因此想到高齋的文房之類，請即寫出來，告訴南方的讀者何如？」

謝先生的好意我很感激，不過這個題目我仍舊寫不出什麼來。敝齋的文房具壓根兒就無可談，雖然我是用毛筆寫字的，照例應該有筆墨紙硯。硯我只有一塊歙石的，終年在抽斗裡歇著，平常用的還是銅墨水匣。筆墨也很尋常，我只覺得北平的毛筆不禁用，未免耗費，墨則沒有什麼問題，一兩角錢一瓶的墨汁固然可以用好些日子，就是浪費一點買錠舊墨「青麟髓」之類，也著實上算，大約一兩年都磨不了，古人所謂非人磨墨墨磨人，實在是不錯的話。比較覺得麻煩的就只是紙，這與谷崎的漫談所說有點相近了。

因為用毛筆寫字的緣故，光滑的洋紙就不適宜，至於機製的洋連史更覺得討厭。洋稿紙的一種毛病是分量重，如谷崎所說過的，但假如習慣用鋼筆，則這缺點也只好原諒了吧。

洋連史分量仍重而質地又脆，這簡直就是白有光紙罷了。中國自講洋務以來，印書最初用考貝紙，其次是有光紙，進步至洋連史而止，又一路是報紙，進步至洋宣而止，還有米色的一種，不過顏色可以唬人，紙質恐怕還不及洋宣的結實罷。其實這豈是可以印書的呢？

看了隨即丟掉的新聞雜誌，御用或投機的著述，這樣印本來也無妨，若是想要保存的東西，那就不行。拿來寫字，又都不合適。照這樣情形下去，我真怕中國的竹紙要消滅了。中國的米棉茶絲磁現在都是逆輸入了，墨用洋煙，紙也是洋宣洋連史，市上就只還沒有洋毛筆而已。

本國紙的漸漸消滅似乎也不只是中國，日本大約也有同樣的趨勢。日前在《現代隨筆全集》中見到壽岳文章的一篇《和紙復興》，當初是登在月刊《工藝》上邊的。這裡邊有兩節云：

「我們少年時代在小學校所學的手工裡有一種所謂紙捻細工的。記得似乎可以做成紙煙匣這類的東西。現在恐怕這些都不成了吧。因為可以做紙捻材料幾乎在我們的周圍全已沒有了。商家的帳簿也已改為洋式簿記了。學童習字所用的紙差不多全是那脆弱的所謂『改良半紙』。（案即中國所云洋連史也）。在現今都用洋派便箋代了卷紙，用茶褐色洋信封代了生漉書狀袋的時代，想要隨便搓個紙捻也就沒有可以搓的東西了。和紙已經離我們的周圍那麼遠了，如不是特地去買了和紙來，連一根紙捻都搓不成了。

「放風箏是很有趣的。寒冬來了，在凍得黑黑的田地上冷風呼呼地吹過去的時候，鄉間的少年往往自己削竹糊紙，製造風箏。我還記得，站在樹蔭底下躲著風，放上風箏去，一下子就掛在很高的山毛櫸的樹上了。但是用了結實的和紙所做的風箏就是少微掛在樹枝上，也不會得就破的。即使是買來的，也用相當地堅固的紙。可是現今都會的少年買來玩耍的風箏是怎樣呢？只要略略碰了電線一下，戳破了面頰的爆彈三勇士便早已癟了嘴要哭出來了。」

這裡所謂和紙本來都是皮紙，最普通的是「半紙」，又一種色微黑而更堅韌，名為「西之內」，古來印書多用此紙。這大都用木質，所以要比中國的竹質的好一點，但是現今同樣地稀少了，所不同的是日本的「改良半紙」之類都是本國自造，中國的洋連史之類大半是外國代造罷了。

日本用「西之內」紙所印的舊書甚多，所以容易得到，廢姓外骨的著述雖用鉛印而紙則頗講究，普通和紙外有用杜仲紙者，近日買得永井荷風隨筆曰「雨瀟瀟」，亦鉛印而用越前國楮紙，頗覺可喜。

梁任公在日本時用美濃紙印《人境廬詩草》，上虞羅氏前所印書亦多用佳紙，不過我只有《雪堂磚錄》等數種而已。中國佳紙印成的書我沒有什麼，如故宮博物院以舊高麗紙影印書畫，可謂珍貴矣，我亦未有一冊。關於中國的紙，我並不希望有了不得的精品，只要有黃白竹紙可以印書，可以寫字，便已夠了，洋式機製各品自無妨去造，但大家勿認有光紙類為天下第一珍品，此最是要緊。至於我自己寫文章但要輕軟吃墨的毛邊紙為稿紙耳，他無所需也。

民國廿五年一月八日。

談策論

自從吳稚暉先生提出土八股洋八股的名稱以來，大家一直沿用，不曾發生過疑問，因為這兩種東西確實存在，現在給他分類正名，覺得更是明瞭了。但是我有時不免心裡納悶，這兩個名稱雖好，究竟還是諢名，他們的真姓名該是什麼。

土八股我知道即是經義，以做成散文賦似的八對股得名，可是洋八股呢，這在中國舊名詞裡叫做什麼的呢？無意之中，忽然想到，真是——踏破鐵鞋無覓處，得來全不費工夫，原來這洋八股的本名就只是策論。

頂好的證據是，前清從前考試取士用八股文，後來維新了要講洋務的時候改用策論，二者同是制藝或功令文，而有新舊之別，亦即是土洋之異矣。不過這個證據還是隨後想到的，最初使我得到這新發見的是別人的偶然一句閒話。我翻閱馮班的《鈍吟雜錄》，卷一家戒上有一則，其上半云：

「士人讀書學古，不免要作文字，切忌勿作論。成敗得失，古人自有成論，假令有所不合，闕之可也，古人遠矣，目前之事猶有不審，況在百世之下而欲懸定其是非乎。」何義門評注云，「此亦名言。」

此其所以為名言據我想是在於教人切勿作論。做策論的弊病我也從這裡悟出來，這才瞭解了與現代洋八股的關係。同是功令文，但做八股文使人庸腐，做策論則使人謬妄，其一重在模擬服從，其一則重在胡說亂道也。

專做八股文的結果只學會按譜填詞，應拍起舞，裡邊全沒有思想，其做八股文而能胡說亂道者仍靠兼做策論之力也。八股文的題目只出在經書裡，重要的實在還只是四書，策論範圍便很大了，歷史政治倫理哲學玄學是一類，經濟兵制水利地理天文等是一類，一個人那裡能夠知道得這許多，於是只好以不知為知，後來也就居然自以為知，胡說亂道之後繼以誤國殃民，那些對空策的把「可得而言歟」改做「可得而言也」去繳卷，還只庸腐而已，比較起來無妨從輕發落。

鈍吟上邊所說單是史論一種，弊病已經很大，或者這本來是策論中頂重要的一種也未可知。我們小時候學做管仲論漢高祖論，專門練習舞文弄墨的勾當，對於古代的事情胡亂說慣了，對於現在的事情也那麼地說，那就很糟糕了。洋八股的害處並不在他的無聊瞎說，乃是在於這會變成公論。

《朱子語類》中有云：

「秀才好論事，朝廷才做一事，哄哄地哄過了又只休，凡事皆然。」又云：「真能者未必能言，文士雖未必能，卻口中說得，筆下寫得，足以動人聽聞，多至敗事。」可見宋朝已是如此，但是時代遠了，且按下不表，還是來引近時的例吧。

「蘆涇遁士」元是清季浙西名士，今尚健在，於光緒甲午乙未之際著《求己錄》三卷，蓋取孟子禍福無不自己求之之意，其卷下言公論難從節下有論曰：

「士大夫平日未嘗精究義理，所論雖自謂不偏，斷難悉合於正，如《左傳》所引君子曰及馬班諸史毀譽褒貶，名為公論，大半雜以偏見，故公論實不可憑。……夫因循坐誤，時不再來，政事有急宜更張者，乃或徇公論而姑待之，一姑待而機不再來矣。百病嬰身，豈容鬥力，用兵有明知必敗者，乃竟畏公論而姑試之，一姑試而事不可救矣。濟濟公卿，罕讀《大學》知止之義，胸無定見，一念回護，一念徇俗，甚至涕泣彷徨，終不敢毅然負謗，早挽狂瀾，而乘艱危之來巧盜虛名者，其心尤不勝誅。」

注中又有云：

「山左米協麟有言，今日之正言讜論皆三十年後之夢囈笑談。」自乙未到現在已整四十年了，不知今昔之感當何如，米君的意見似猶近於樂觀也。《求己錄》下卷中陶君的高見尚多，今不能多引。讀書人以為自己無所不知，又反正只是口頭筆下用力，無妨說個痛快，此或者亦是人情，然而誤事不少矣。

古人云，耕當問奴，織當問婢，此即是孔子說吾不如老農老圃之意。何況打仗，這只好問軍事專家了，而書生至今好談兵，蓋是秀才的脾氣，朱晦庵原也是知道了的。我聽說山西有高小畢業會考，國文試題曰明恥教戰論，又北平有大學招考新生，國文試題曰國防策。這是道地的洋八股，也是策論的正宗，這樣下去大約哄哄地攘臂談天下事的秀才是不會絕跡的，雖然我們所需要的專門知識與一般常識之養成是很不容易希望做到。

中國向來有幾部書我以為很是有害，即《春秋》與《通鑑綱目》，《東萊博議》與胡致堂的《讀史管見》，此外是《古文觀止》。孔子作《春秋》而亂臣賊子懼，本是一句謊話，朱子又來他一個續編，後世文人作文便以筆削自任，儼然有判官氣象，《博議》《管見》乃是判例，《觀止》則各式詞狀也。這樣養成的文章思想便是洋八股，其實他還是真正國貨，稱之曰洋未免冤枉。

這種東西不見得比八股文好，勢力卻更大，生命也更強，因為八股文只寄託在科舉上，科舉停了也就了結，策論則到處生根，不但不易拔除，且有愈益繁榮之勢。他的根便長在中國人的秀才氣質上，這叫人家如何能拔乎。我對於洋八股也只能隨便談談，實在想不出法子奈何他，蓋欲木之茂者必先培其本根，而此則本根其固也。

（廿五年一月）

螟蛉與螢火

中國人拙於觀察自然，往往喜歡去把他和人事連接在一起。最顯著的例，第一是儒教化，如烏反哺，羔羊跪乳，或梟食母，都一一加以倫理的解說。第二是道教化，如桑蟲化為果蠃，腐草化為螢，這恰似「仙人變形」，與六道輪迴又自不同。李元著《蠕範》卷二有物化一篇，專記這些奇奇怪怪的變化，其序言云：

「天地一化境也，萬物一化機也。唯物之化，忽失其故，無情而有，有情而無，未不虞來，既不追往，各忽忽不自知而相消長也。」

話說得很玄妙，覺得不大了然，但是大家一般似乎都承認物化，普通過繼異姓子女就稱為螟蛉子，可見通行得久遠了。

關於腐草為螢也聽見過這故事，云有人應考作賦以此為題，向友人求材料，或戲語之云，青青河畔草，君子之德風，小人之德草，囊螢照讀，皆是。此人即寫道：昔年河畔，曾叨君子之風，今日囊中，復照聖人之典。遂以此考取第一云。

讀書人從前大抵都知道這件故事，因為這是文章作法上的一條實例，至於老百姓則相信牛糞變螢火，或者因鄉間無腐草，故轉變為性質相似的牛糞亦未可知，其實蓋見牛糞左近多為「火螢蟲」所聚集故耳。

自然科學在中國向不發達，我恐怕在「廣學會」來開始工作以前，中國就不曾有過獨立的植物或動物學。這在從前只附屬於別的東西，一是經部的《詩經》與《爾雅》，二是史部的地志，三是子部的農與醫。

地志與農學沒有多少書，關於不是物產的草木禽蟲更不大說及，結果只有《詩經》《爾雅》的注箋以及《本草》可以算是記載動植物事情的書籍。現在我們想問問關於物化他們的意見如何。《詩》小雅《小宛》云，螟蛉有子，蜾蠃負之。注疏家向來都說蜾蠃是個老鰥夫，他硬去把桑蟲的兒子抱來承繼，給他接香煙。只有宋嚴粲的《詩緝》引了《解頤新語》，辨正舊說，云蜾蠃自有細卵如粟，寄螟蛉之身以養之，非螟蛉所化，而後之說詩者卻都不接受，毛晉在《毛詩陸疏廣要》卷下之下歷舉諸說後作斷語云：

「若細腰土蜂借他蟲咒為己子，古今無異，陶隱居異其說，范處義附之，不知破窠見有卵如粟及死蟲，蓋變與未變耳。」

此語殊支離，然以後似竟無人能識其誤，即較多新意見的姚際恆方玉潤亦均遵循舊說，其他不必說了。

《本草綱目》卷三十九蟲部蠮螉下，首列陶弘景說，韓保升寇宗奭贊成，李含光蘇頌反對，李時珍結論亦以陶說為正，可以說多數通過了，即此可知醫家中似比儒生更多明白人。

《爾雅‧釋蟲》，螺贏蒲盧，螟蛉桑蟲。這顯然是在釋詩，注《爾雅》的自然也都是這種說法，邢昺《疏》陸佃《埤雅》皆是，唯羅願《爾雅翼》卷二十六云：「案陶氏之說實當物理，……然詩之本旨自不如此，而箋疏及揚子雲之說疏矣。」

想對於陶隱居的「造詩者未審」這句話加以辨解，本可不必，但他知道陶說之合於物理，可謂有識。邵晉涵的《爾雅正義》刻於乾隆戊申（一七八八），他的意見卻比羅端良更舊。卷十六引鄭箋陸疏陶弘景蘇頌及《法言》各說後云：

「揚雄所說，即詩教誨爾子式穀似之之義，合諸《莊子》《淮南》，則知化生之說不可易矣。」這裡我們就得特別提出郝懿行的《爾雅義疏》來。郝氏《曬書堂文集》卷二有一篇《與孫淵如觀察書》，時為嘉慶戊辰，正是戊申的二十年後，中有一節云：

「《爾雅正義》一書足稱該博，猶未及乎研精，至其下卷尤多影響。懿行不揆檮昧，創為略義，不欲上掩前賢，又不欲如劉光伯之規杜過，用是自成一書，不相因襲，性喜簡略，故名之『爾雅略義』（案即《義疏》原名）。嘗論孔門多識之學殆成絕響，唯陸元恪之《毛詩疏》，剖析精微，可謂空前絕後。蓋以故訓之倫無難鉤稽搜討，乃至蟲魚之注，非夫耳聞目驗，未容置喙其間，牛頭馬髀，強相附會，作者之體又宜舍諸。少愛山澤，流觀魚鳥，旁涉夭條，靡不覃研鑽極，積歲經年，故嘗自謂《爾雅》下卷之疏幾欲追蹤元恪，陸農師之《埤雅》，羅端良之翼雅，蓋不足言。」

這裡批評《正義》固然很對，就是自述也確實不是誇口，蓋其講蟲魚多依據耳聞目驗，如常引用民間知識及俗名，在別家箋注中殆不可得。邵氏自序中亦誇說云：

「草木蟲魚鳥獸之名，古今異稱，後人輯為專書，語多皮傅，今就灼知傳實者，詳其形狀之殊，辨其沿襲之誤。」這與乾隆辛卯（一七七一）刻《毛詩名物圖說》中徐鼎自序所云，「凡釣叟村農，樵夫獵戶，下至輿台皂隸，有所聞必加試驗而後圖寫」，正是一樣，然而成績都不能相副，徐氏圖不工而說亦陳舊，邵氏蟲魚之注仍多「影響」，可見實驗之不易談也。

《爾雅義疏》下之三關於果蠃贊成陶隱居之說，案語云：

「牟應震為余言，嘗破蜂房視之，一如陶說，乃知古人察物未精，妄有測量。又言其中亦有小蜘蛛，則不必盡取桑蟲。詩人偶爾興物，說者自不察耳。」雖然仍為作詩者開脫，卻比《爾雅翼》說得更有情理，蓋古代詩人雖然看錯自可原諒，後世為名物之學者猶茫然不知，或更悍然回護舊說，那就很有點講不過去了。

《爾雅》，熒火即炤。郭注，夜飛，腹下有火。郭景純在這裡沒有說到他的前身和變化，後來的人卻總不能忘記《月令》的「季夏之月腐草為螢」這句話，拿來差不多當作唯一的注腳。邢《疏》，陸《新義》及《埤雅》，羅《爾雅翼》，都是如此，邵《正義》不必說了，就是王引之的《廣雅疏證》也難免這樣。更可注意的是本草家，這一回他們也跳不出圈子了。《本草綱目》四十一引陶弘景曰：

「此是腐草及爛竹根所化。初時如蛹，腹下已有光，數日變而能飛。」

李時珍則詳說之曰：

「螢有三種。一種小而宵飛，腹下光明，乃茅根所化也。《呂氏月令》所謂腐草化為螢者是也。一種長如蛆蠋，尾後有光，無翼不飛，乃竹根所化也，一名蠲，俗名螢蛆，《明堂月令》所謂腐草化為蠲者是也，其名宵行。茅竹之根夜視有光，復感濕熱之氣，遂變化成形爾。一種水螢，居水中，唐李子卿《水螢賦》所謂彼何為而化草，此何為而居泉，是也。」

我們再查《爾雅義疏》，則曰：

「陶說非也。今驗螢火有二種，一種飛者形小頭赤，一種無翼，形似大蛆，灰黑色，而腹下火光大於飛者，乃《詩》所謂宵行，《爾雅》之即炤亦當兼此二種，但說者止見飛螢耳。又說茅竹之根夜皆有光，復感濕熱之氣，遂化成形，亦不必然。蓋螢本卵生，今年放螢火於屋內，明年夏細螢點點生光矣。」此是何等見識，雖然實在也只是常識，但是千百年來沒有人能見到，則自不愧稱為研精耳。

不過下文又云：

「《夏小正》云，丹鳥羞白鳥。丹鳥謂丹良，白鳥謂蚊蚋。《月令疏》引皇侃說，丹良是熒火也。」於此別無辨解，蓋對於《夏小正》文不發生疑問。《本草綱目》四十一蚊子下，李時珍曰，「螢火蝙蝠食之」，意亦相同。羅願卻早有異議提出，《爾雅翼》二十六蚊下云：

「《夏小正》云，丹鳥羞白鳥。丹鳥螢也，白鳥蚊也。謂螢以蚊為羞糧，則未知其審也。」二十七螢下又云：

「《夏小正》曰，丹鳥羞白鳥。此言螢食蚊蚋。又今人言，赴燈之蛾以螢為雌，故誤赴火而死。然螢小物耳，乃以蛾為雄，以蚊為糧，皆未可輕信。」

此亦憑常識即可明瞭，郝君惜未慮及，正如《義疏》在螟螣蟊賊節下仍信「蝨子遇旱還為蝨，遇水即為魚」，不免是千慮之一失耳。

廿五年一月十四日，於北平記。

【補記】

頃查季本的《說詩解頤》字義卷六，《小宛》三章下注云「舊說蜾蠃取桑蟲負之於木空中，七日而化為其子，其說蓋本陸璣《蟲魚疏》，而范氏《解頤新語》乃曰云云，此其為說似嘗究物理者。然自莊列揚雄皆有純雌自化類我速肖之說，則其來已久而非起於漢儒矣，且與詩義相合，豈范氏所言別是一蟲而誤指為蜾蠃歟？不然則蜾蠃之與螟蛉有互相育化之理邪？姑兩存之。」其說模稜兩可，但較蠻悍的已稍勝，故特為抄出。

一月二十日又記。

竇存

胡式鈺的《竇存》四卷從前時常看到，卻總沒有買，因為不是價貴，就是紙太劣。其實這種書的價錢本來不會怎麼貴的，不過我覺得他不能值這些，那就變成貴了，前幾天才買了一部，在還不算貴的範圍內。

這書刻於道光辛丑，距今才九十五年，正是清朝學術中落時期，其時雖然也有俞理初龔定庵魏默深蔣子瀟等人來撐撐場面，就一般的知識講未免下降了。我們讀《竇存》時頗有此感，自然就是在乾嘉時也是賢愚不齊，不見得人人都有見識，只是到了衰季更易感到，或者由於主觀也不可知。

《竇存》分為書詩事語四類，其「語竇」一卷列舉俗語的出典，如《恆言錄》之流，而範圍較寬，最無可非議。「詩竇」所談間有可取，「書竇」多衛道之言，可謂最下，「事實」則平平耳，大抵多講報應怪異，一般文人的「低級趣味」都如此，不必單責胡氏也。卷一論東坡非武王，閻百詩議子遊子夏，錢莘楣議程伊川，卷二論人或嗤昌黎以文為詩，皆大不以為然，其理由則不外「何得輕議大賢人」，其議論可想見了。

說詩處卻有佳語，如卷二云：

「楊升庵謂杜子美滕王亭詩，春日鶯啼修竹裏，仙家犬吠白雲間，予常怪修竹本無鶯啼，後見孫綽蘭亭詩，啼鶯吟修竹，乃知杜老用此也，讀書不多未可輕議古人。此升庵薄子美厚孫綽也。子美言之不足信，孫綽言之始足信，孫綽又本何書歟？且詩境貴真，使其時鶯非啼竹而強言之，謂前人曾有此說，特因襲而已。前人未有此說而我自目擊其境，斯言之正親切耳。吾且謂子美當日有目中之鶯啼修竹，而不必有孫綽之鶯啼修竹可也。固哉，升庵之說詩也。」

又有云：

「予題湯都督琴隱圖云，碑括前皇篆。一徒請括字來歷，予曰，史皇造字即來歷，前人經史等載籍豈別有來歷耶。」這都說得很好，有自己的見識。但是這自信似乎不很堅，有時又說出別樣的話，如云：

「唐葉適詩云，應嫌屐齒印蒼苔。按漢杜林高節不仕，居一室，階有綠苔，甚愛之，輒謂人曰，此可以當鋪翠耳。人有躡屐者，曰，勿印破之。蓋葉詩印字本此。」

書眉上有讀者批曰，「即無本亦好。」此讀者不知係何人，唯卷首有一印，白文四字云，「咸弼過目」，蓋即其名也。又有一條云：

「朱慶餘詩云，洞房昨夜停紅燭。杜牧詩云，空堂停曙燈。停字當本陸機《演連珠》，蘭膏停空，不思銜燭之龍。」批曰，「此等字在作者只知用來穩愜，不必先有所本，乃偶然暗合也。」批語兩次糾正，很有道理。胡氏論詩極推重陶公，有云：

「東坡曰，吾於詩人無所好，好淵明詩。式鈺謂吾於詩人無不好，尤好淵明詩。吾於詩人詩各有好有不好，有好無不好唯淵明詩。」語雖稍籠統，我卻頗喜歡，因為能說得出愛陶詩者的整個心情也。

卷三所記有關於民間信仰風俗者，亦頗可取。如記傭工趙土觀談上海二十一保二十七圖陳宅鬼仙有云：

「去年（己亥）夏其家男女出耕，鬼在田中，予聞往聽，鬼稱予土觀，予笑，鬼云，勿好笑，遂彼此寒暄數語。頃之謂其家人，我回槨，爾等當回家飯也，耕傭無不聞者。往往二三日便回鬼門關，來時聲喜，去時聲悲，必囑其家人曰，為善毋惡，陰司有簿記之。」

這是很好的關於死後生活的資料，如鬼門關（據云其地甚苦），鬼回槨休息，陰司有簿記善惡，皆是也。

又一則云：

「世間婦女言灶神每月上天奏人善惡，故與人仇，灶詛之，有求，灶禱之。又歲杪買餳，擇穀草之實製焙和之，俟新歲客來佐茶，故買餳於臘。臘月二十四日餞灶神上天，遂用餳，薦時義也，乃謂恐神訴惡，藉膠其口，何鄙說之可笑乎。然俗之為惡概可想見。」

此一節也記得頗有意思，只是末尾說得太是方巾氣，其實未必一定為惡，人總怕被別個去背地裡說些什麼，此種心理在做媳婦的一定更深切地感到，也自難怪她們想用大麥糖去膠住那要說閒話的人的嘴巴罷。

卷一書簀的第一條是講考證的，雖然講得很有趣，可是有點不對。其文云：「《晉書》，賈充有兒黎民三歲，乳母抱之當閤，充就而拊之。《世說》

云，充就乳母手中嗚之。拊嗚各通，蓋謂拊其兒作嗚嗚聲以悅之也，猶《荀子》拊循之唲嘔之義，然嗚字耐味。杜牧之《遣興》詩，浮生長忽忽，兒小且嗚嗚。」

拊嗚原是兩件事，我想《世說》作嗚是對的，《晉書》後出，又是官書，故改作較雅馴的拊字罷了。

查世俗頂有勢力的《康熙字典》和商務《辭源》，嗚字下的確除嗚嗚等以外沒有他訓，但欠部裡有一個歍字，《字典》引《說文》云，一曰口相就也。案《說文解字》八篇下云：

「歍，心有所惡若吐也，從欠，烏聲。一曰歍，口相就也（段注，謂口與口相就也。），歍也，從欠，䶮聲。噈，俗，從口從就。」

《辭源續編》始出一歍字，引《說文》為訓，而噈字始終不見，我把正續編口部從十一畫至十三畫反覆查過，終於沒有找到這個字。查《廣韻》噈下云，歍噈，口相就也。《玉篇》噈下云，嗚噈也。到這裡，口旁的嗚字已替代了欠旁的字，雖然正式當然是連用，但後來大抵單用也可以了。這裡說後來，其實還應該改正，因為單用的例在隋唐之前。《世說新語》下《惑溺》第三十五即其一。

佛經律部的《四分律藏》卷四十九云：

「時有比丘尼在白衣家內住，見他夫主共婦嗚口，捫摸身體，捉捺乳。」這部律是姚秦時佛陀耶舍共竺法念所譯，在東晉末年，大約與陶淵明同時，所以這還當列在宋臨川王的前面。唐義淨譯的《根本說一切有部毗奈耶》卷三十八亦有云：

「問言少女何意毀籬，女人便笑，時鄔波難陀染心遂起，即便捉臂，遍抱女身，嗚咂其口，捨之而去。」據此可知嗚字當解作親嘴，今通稱接吻，不知何來此文言，大約係接受日本的新名詞，其實和文亦本有「口付」（Kuchizuke）一字，勝於此不古不今的漢語也。

（廿五年一月）

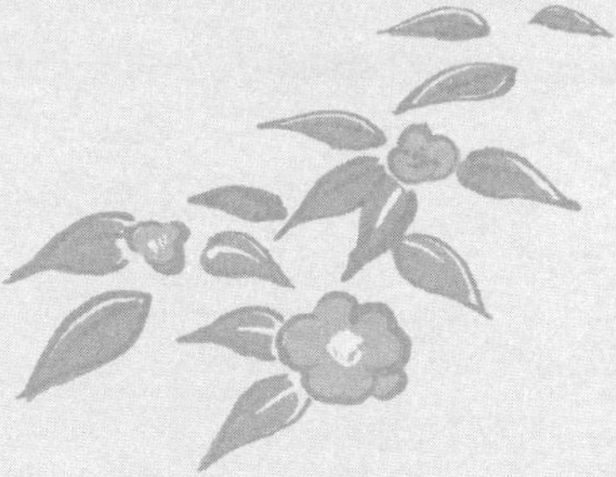

第二卷　閒情誌

關於家訓

古人的家訓這一類東西我最喜歡讀，因為在一切著述中這總是比較的誠實，雖然有些道學家的也會益發虛假得討厭。

我們第一記起來的總是見於《後漢書》的馬援《誡兄子嚴敦書》，其中有云：「龍伯高敦厚周慎，口無擇言，謙約節儉，廉公有威，吾愛之重之，願汝曹效之。杜季良豪俠好義，憂人之憂，樂人之樂，清濁無所失，父喪致客，數郡畢至，吾愛之重之，不願汝曹效也。效伯高不得，猶為謹敕之士，所謂刻鵠不成尚類鶩者也，效季良不得，陷為天下輕薄子，所謂畫虎不成反類狗者也。」

這段文章本來很有名，因為刻鵠畫虎的典故流傳很廣，但是我覺得有意思的乃是他對於子侄的誠實的態度。他同樣的愛重龍伯高杜季良，卻希望他們學這個不學那個，這並不是好不好學的問題，實在是在計算利害，他怕豪俠好義的危險，這老虎就是畫得像他也是不贊成的。故下文即云：

「訖今季良尚未可知，郡將下車輒切齒，州郡以為言，吾常為寒心，是以不願子孫效也。」後人或者要笑伏波將軍何其膽怯也，可是他的態度總是很老實近人情，不像後世宣傳家自己猴子似的安坐在洞中，只叫貓兒去抓爐火裡的栗子。

我常想，一個人做文章，要時刻注意，這是給自己的子女去看去做的，這樣寫出來的無論平和或激烈，那才夠得上算誠實，說話負責任。

謝在杭的《五雜組》卷十三有云：

「今人之教子讀書不過取科第耳，其於立身行己不問也。……非獨今也，韓文公有道之士也，訓子之詩有一為公與相潭潭府中居之句，而俗詩之勸世者又有書中自有黃金屋等語，語愈俚而見愈陋矣。」

這也可以算是老實了罷，卻又要不得，殆偽善之與怙惡亦猶過與不及歟。

陶集中《與子儼等疏》實是一篇好文章，讀下去只恨其短，假如陶公肯寫得長一點，成一兩卷的書，那麼這一定大有可觀，《顏氏家訓》當不能專美了。其實陶詩多說理，本來也可抵得他的一部語錄，我只因為他散文又寫得那麼好，所以不免起了貪心，很想多得一點看看，乃有此妄念耳。

《顏氏家訓》成於隋初，是六朝名著之一，其見識情趣皆深厚，文章亦佳，趙敬夫作注將以教後生小子，盧抱經序稱其委曲近情，纖悉周備，可謂知言。

伍紹棠跋彭兆蓀所編《南北朝文鈔》云：

「竊謂南北朝人所著書多以駢儷行之，亦均質雅可誦，如范蔚宗沈約之史論，劉勰《文心雕龍》，鍾嶸《詩品》，酈道元《水經注》，楊衒之《洛陽伽藍記》，斯皆篇章之珠澤，文采之鄧林，誠使勒為一書，與此編相輔而行，足為詞章家之圭臬。」

這一番話很合我的意思，就只漏了一部《顏氏家訓》。伍氏說六朝人的書用駢儷而質雅可誦，我尤贊成，韓愈文起八代之衰，其文章實乃虛驕粗獷，正與質雅相反，即《盤谷序》或《送孟東野序》也是如此。唐宋以來受了這道統文學的影響，一切都沒有好事情，家訓因此亦遂無什麼可看的了。

從前在涵芬樓秘笈中得一讀明霍渭崖家訓，覺得通身不愉快。此人本是道學家中之蠻悍者，或無足怪，但其他儒先訓迪亦是百步五十步之比。

在明末清初我遇見了兩個人，傅青主與馮鈍吟，傅集卷二十五為家訓，馮有家戒兩卷，又誡子帖遺言等，收在《鈍吟雜錄》中。青主為明遺老中之錚錚者，通二氏之學，思想通達，非凡夫所及，鈍吟雖儒家而反宋儒，不喜宋人論史及論政事文章的意見，故有時亦頗有見解能說話。家戒上第一節類似小引，其下半云：

「我無行，少年不自愛，不堪為子弟之法式，然自八九歲讀古聖賢之書，至今六十餘年，所知不少，更歷事故，往往有所悟。家有四子，每思以所知示之。少年性快，老人諄諄之言非所樂聞，不至頭觸屏風而睡，亦已足矣。無如之何，筆之於書，或冀有時一讀，未必無益也。」

我們再看《顏氏家訓》的《序致》第一云：

「夫聖賢之書教人誠孝，慎言檢跡，立身揚名，亦已備矣，魏晉已來所著諸子，理重事複，遞相模效，猶屋下架屋，床上施床耳。吾今所以復為此者，非敢軌物範世也，業以整齊門內，提撕子孫。夫同言而信，信其所親，同命而行，行其所服。禁童子之暴謔，則師友之誡不如傅婢之指揮，止凡人之鬥鬩，則堯舜之道不如寡妻之誨諭。吾望此書為汝曹之所信，猶賢於傅婢寡妻耳。」兩相比較，顏文自有勝場，馮理卻亦可取，蓋顏君自信當為子孫所信，馮君則不是這樣樂觀，似更懂得人情物理也。

陶淵明《雜詩》十二首之六云：「昔聞長者言，掩耳每不喜，奈何五十年，忽已親此事。」義大利詩人勒阿巴耳地（G · Leopardi）曾云，兒子與父親決不會講得來，因為兩者年齡至少總要差二十歲。這都足以證明馮君的憂慮不是空的，「無如之何，筆之於書，或冀有時一讀」，乃實為寫家訓的最明達勇敢的態度，其實亦即是凡從事著述者所應取的態度也。

古人云，藏之名山傳諸其人，原未免太寬緩一點，但急於求效，強聒不捨，至少亦是徒然。詩云：「風雨淒淒，雞鳴喈喈，既見君子，云胡不夷。」王瑞玉夫人在《詩問》中釋曰，「故人未必冒雨來，設辭爾。」鈍吟居士之意或亦如此，此正使人覺得可以佩服感歎者也。

廿五年一月十七日，於北平書。

鬱岡齋筆塵

《宇宙風》新年號「二十四年愛讀書」中有王肯堂的《筆塵》一種，係葉遐菴先生所舉，原附有說明云：

「明朝人的著述雖很有長處，但往往犯了空疏浮誕的通病，把理解和事實通通弄錯。王肯堂這一部書，不但見地高超，而且名物象數醫工等等都由實地研究而發生很新穎堅確的論斷，且其態度極為忠實。王肯堂生當明末，好與利瑪竇等交遊，故他的治學方法大有科學家的意味。這是同徐光啟李之藻金聲等都是應該推為先覺的，所以我亦很歡喜看這部書。」

我從前只知道王肯堂是醫生，對於他的著作一直不注意，這回經了遐菴先生的介紹，引起我的好奇心，便去找了一部來看。原書有萬曆壬寅（一六〇二）序文，民國十九年（一九三〇）北平圖書館用鉛字排印，四卷兩冊實價三元，只是粉連還不是機制的，尚覺可喜。

《筆麈》的著者的確博學多識，我就只怕這有許多都是我所不懂的。第一，例如醫，我雖然略略喜歡涉獵醫藥史，卻完全不懂得中國舊醫的醫理，我知道一點古希臘的醫術情形，這多少與漢醫相似，但那個早已蛻化出去，如復育之成為「知了」了。第二是數，曆，六壬，奇門，陽宅等，皆所未詳。第三是佛教，乃是有志未逮。我曾論清初傳馮二君云：

「青主為明遺老中之錚錚者，通二氏之學，思想通達，非凡夫所及，鈍吟雖儒家而反宋儒，不喜宋人論史及論政事文章的意見，故有時亦頗有見解，能說話。」

我們上溯王陽明、李卓吾、袁中郎、鍾伯敬、金聖歎，下及蔣子瀟、俞理初、龔定菴，覺得也都是如此。所以王君的談佛原來不是壞事，不過正經地去說教理禪機便非外行的讀者所能領解，雖然略略點綴卻很可喜，如卷四引不順觸食說東坡的「飲酒但飲濕」，又引耳以聲為食說《赤壁賦》末「所共食」的意思，在筆記中均是佳作。

歸根結蒂，《筆塵》裡我所覺得有興趣的，實在就只是這一部分，即說名物談詩文發意見的地方，恐怕不是著者特長之所在，因為在普通隨筆中這些也多有，但是王君到底自有其見解，與一般隨波逐流人不同，此我所以仍有抄錄之機會也。

卷四有兩則云：

「文字中不得趣者便為文字縛，伸紙濡毫，何異桎梏。得趣者哀憤侘傺皆於文字中銷之，而況志滿情流，手舞足蹈者哉。」

「《品外錄》錄孫武子《行軍篇》，甚訝其不倫，尾碼歐陽永叔《醉翁亭記》，以為記之也字章法出於此也。何意眉公棄儒冠二十年，尚脫頭巾氣不盡。古人弄筆，偶爾興到，自然成文，不容安排，豈關仿效。王右軍《筆陣圖帖》謂凝神靜思，預想字形，大小偃仰，平直振動，令筋脈相連，意在筆前，然後作字。吾以為必非右軍之言。若未作字先有字形，則是死字，豈能造神妙耶。世傳右軍醉後以退殘筆寫《蘭亭敘》，旦起更寫皆不如，故盡廢之，獨存初本。雖未必實，然的有此理。吁，此可為得趣者道也。夫作字不得趣，書傭胥吏也，作文不得趣，三家村學究下初綴對學生也。」

此言很簡單而得要領，於此可見王君對於文學亦是大有見識。其後又有云：「四月四日燈下獨坐，偶閱袁中郎《錦帆集》，其論詩云，物真則貴，真則我面不能同君面，而況古人之面貌乎。唐自有詩也，不必選體也，初盛中晚自有詩也，不必初盛也，李杜王岑錢劉下逮元白盧鄭各自有詩也，不必李杜也。趙宋亦然，陳歐蘇黃諸人有一字襲唐者乎，又有一字相襲者乎。至其不能為唐，殆是氣運使然，猶唐之不能為選，選之不能為漢魏耳。今之君子乃欲概天下而唐之，又且以不唐病宋。夫既以不唐病宋矣，何不以不選病唐，不漢魏病選，不三百篇病漢，不結繩鳥跡病三百篇耶。讀未終篇，不覺擊節曰，快哉論也，此論出而世之稱詩者皆當赬面咋舌退矣。」

案此論見卷四《與丘長孺書》中，與《小修詩序》所說大旨相同，主意在於各抒性靈，實即可為上文所云得趣之解說也。

不過這趣與性靈的說法，容易瞭解也容易誤解，不，這或者與解不甚相關，還不如說這容易得人家贊成附和或是「叢訶攢罵」。最好的例是朱彝尊，在《靜志居詩話》卷十六袁宏道條下云：

「傳有言，琴瑟既敝，必取而更張之，詩文亦然，不容不變也。隆萬間王李之遺派充塞，公安昆弟起而非之，以為唐自有古詩，不必選體，中晚皆有詩，不必初盛，歐蘇陳黃各有詩，不必唐人。唐詩色澤鮮妍，如旦晚脫筆硯者，今詩才脫筆硯，已是陳言，豈非流自性靈與出自剽擬，所從來異乎。一時聞者渙然神悟，若良藥之解散而沉痾之去體也。乃不善學者取其集中俳諧調笑之語，……是何異棄蘇合之香取蛣蜣之轉耶。」

這裡他很贊同公安派的改革，所引用的一部分也即是《與丘長孺書》中的話。卷十七鍾惺條下又云：

「禮云，國家將亡，必有妖孽，非必日蝕星變龍漦雞禍也，惟詩有然。萬曆中公安矯歷下婁東之弊，倡淺率之調以為浮響，造不根之句以為奇突，用助語之辭以為流轉，著一字務求之幽晦，構一題必期於不通，《詩歸》出一時紙貴，閩人蔡復一等既降心以相從，吳人張澤華淑等復聞聲而遙應，無不奉一言為准的，入二豎於膏肓，取名一時，流毒天下，詩亡而國亦隨之矣。」

詩亡而國亦隨之，可謂妙語，公安竟陵本非一派，卻一起混罵，有纏夾二先生之風，至於先後說話不一致還在其次，似乎倒是小事了。

朱竹垞本非低能人，何以如此憒憒？豈非由於性靈云云易觸喜怒耶。李越縵稱其成見未融，似猶存厚道，中國文人本無是非，翻覆褒貶隨其所欲，反正不患無辭，朱不過其一耳。後來袁子才提倡性靈，大遭訶罵，反對派的成績如何，大家也記不起來了。

性靈被罵於今已是三次，這雖然與不佞無關，不過因為見聞多故而記憶真，蓋在今日此已成為《文料觸機》中物，有志作時文者無不取用，殆猶從前做策論之罵管仲焉。在一切都講正宗道統的時候，汨沒性靈當然是最可崇尚的事，如袁君所說，殆是氣運使然。我又相信文藝盛衰於世道升降了無關係，所以漠然視之。但就個人的意見來說，則我當然贊成王君的話，覺得一個人應該伸紙濡毫要寫就寫，不要寫就不寫，大不可必桎梏而默寫聖經耳。

（廿五年二月）

談錯字

八年前我曾寫過一篇雜感小文，是講兩件書裡的錯字的，其文云：

「十八年前用古文所譯的匈加利小說《黃薔薇》於去冬在上海出版了。因為是用古文譯的，有些民歌都被譯成五言古詩了，第二頁上一個牧牛兒所唱的一首譯如下文：

不以酒家壚，近在咫尺間，
金尊與玉椀，此中多樂歡，
不以是因緣——
胡爾長流連，不早相歸還。

譯語固然原也不高明，但刊本第二行下句排成了此中多樂歌，更是不行了。印書有錯字本已不好，不過錯得不通卻還無妨，至多無非令人不懂罷了，倘若錯得有意思可講，那更是要不得。日前讀文化學社板的《人間詞話箋證》至第十二頁，注中引陶淵明《飲酒》詩，末二句云：

但恨多謬誤，君當恕罪人。

這也錯得太有意思了。所以我常是這樣想，一本書的價值，排印，校對，紙張裝訂，要各占二成，書的本身至多才是十分之四，倘若校刊不佳，無論什麼好書便都已損失了六分光了。」

日前看商務印書館板的《越縵堂詩話》，卷下之下有一節云：

「子九兄來，云自芝村回棹過此，誦其舟中作一絕云，紫櫻桃熟雨如絲，村店村橋人盡時，忽忽夢回舟過市，半江涼水打鸕鷀。絕似帶經堂作也。」

《詩話》編輯凡例，卷上中及下之上均錄自日記，下之下則轉錄各節抄本，故無年月可考。這一條見於越中文獻輯存書第三種《日記鈔》之第百零六頁，即宣統中紹興公報社所印，對校一過，字字皆合。

讀者看了大約都不覺得什麼出奇，不過就不知道這子九為何許人罷了。湊巧我卻知道，因為我有他的詩集，而且還有兩部。子九姓孫名垓，會稽人，有《退宜堂詩集》六卷。上面的詩即在第一卷內，題曰過東浦口占，共有兩首，今抄錄於下：

「紫櫻桃熟雨如絲，村店村橋入畫時，忽忽夢回船過市，半江涼水打鸕鷀。

南湖白小論斗量，北湖鯽魚尺半長，魚船進港曲船出，水氣著衣聞酒香。」

這裡第一首的第三句裡舟與船字面不同，別無什麼關係，第二句可就很有問題了。人盡呢，還是入畫呢？這好像是推門與敲門，望南山與見南山，兩者之中有一個較好的讀法，其實是不然。退宜堂詩係馬氏弟兄鷗堂所編訂，果菴所校刻，當然該是可信的，那麼正當是「入畫時」，雖然這句詩似乎原來有點疲軟。「人盡時」倒也幽峭可喜，可是不論這裡意思如何，只可惜這兩個字太與「入畫」相像了，所以覺得這不是字義之異而乃是字形之訛。

那麼這難道是越縵老人的錯麼？也未必然。早年日記原本未曾印出，究竟不知如何，但我想恐怕還是紹興公報社的書記抄錯，或是「手民」排錯，恰好做成那種有意思的詞句，以致連那編輯者也被蒙過去了。

在這裡，我們自然地聯想起古時的一件公案來，這就是陶詩裡的刑天舞干戚案。陶淵明《讀山海經》詩第十首前四句云：

「精衛銜微木，將以填滄海，形夭無千歲，猛志固常在。」續古逸叢書紹熙壬子（一一九二）本，毛刻蘇寫本及郘亭覆刻宋本均如此，但通行本多改第三句為刑天舞干戚，據曾端伯說明云：

「形夭無千歲，猛志固常在，疑上下文義不甚相貫，遂取《山海經》參校，經中有云，刑天獸名也，口中好銜干戚而舞，乃知此句是刑天舞干戚，故與下句猛志固常在意旨相應，五字皆訛，蓋字畫相近，無足怪者。」

周益公卻不以為然，後來遂有千歲與干戚兩派。干戚派的根據似乎有兩點，其一是精衛填海夠不上說猛志，其二是恰好有個刑天，如朱晦菴所云《山海經》分明如此說也。但是，《山海經》裡有是一件事，陶詩裡有沒有又是別一件事，未便混為一談。大約因為太巧合了，「五字皆訛」，大有書房小學生所玩的菜字加一筆變成菊字的趣味，所以大家覺得好玩，不肯放棄，其實他的毛病即出在巧上，像這樣「都都平丈我」式的改字可以當作閒話講，若是校勘未免太是輕巧一點了罷。我還是贊成原本的無千歲，要改也應注曰疑當作云云，總不該奮筆直改如塾師之批課藝也。

對於曾君我還有一點小意見。查《山海經》第七《海外西經》云：

「刑天與帝至此爭神，帝斷其首，葬之常羊之山，乃以乳為目，以臍為口，操干戚以舞。」

郭璞注云：

「干，盾。戚，斧也。是為無首之民。」曾君乃云口中好銜干戚而舞，與經文不合，以此作為考訂的根據，未免疏忽。

《淮南・地形訓》云西方有形殘之屍，高誘注云：

「以兩乳為目，肥臍為口，操干戚以舞，天神斷其手後天帝斷其首也。」

他是沒有手的，但一盾一斧不知怎麼操法，更不知怎麼銜法，高氏所說即自相抵牾，不能引作解釋，且曾君原只說經中有云，不曾引《淮南子》也。「銜」既不合，「好」更未必，雖出想像，亦太離奇。我們本不該妄議先賢，唯曾君根據《山海經》以改詩，而所說又與經文有出入，覺得可疑，不免要動問一聲耳。

廿五年二月四日。

關於王謔菴

偶閱《越縵堂日記》第七冊，同治四年乙丑十月十九日條下有云：「夜閱《鮚埼亭集》第四十二四十三兩卷，皆論史帖子。謝山最精史學，於南宋殘明尤為貫串。……與紹守杜君札力辨王遂東之非死節，而極稱余尚書，自是鄉里公論。杜守名甲，嘗刻《傳芳錄》，於有明越中忠臣皆繪象系贊，而有遂東無武貞，蓋未以謝山之言為信也。」

第二天是陰曆元宵，廠甸的書攤就要收束了，趕緊跑去一看，在路東的攤上忽然見有一本破書，貼紙標題云「傳芳錄」。本來對於這種書我並不注意，因為總不過是表彰什麼節孝之類的應酬詩文總集罷了，這回記得李蒓客的話，心想會不會就是？拿起來一翻，果然是杜甲編刻的《傳芳錄》。書攤卻很居奇，因為裡邊有十張畫像，結果是花了七角錢才買到手。

書中內容最初是乾隆十四年於敏中序二頁，杜甲的《歲暮恤忠賢後裔記》二頁，越州忠賢後裔十八人公謝啟二頁，蕺山書院祭劉念台先生文二頁，王守仁、孫燧、沈鍊、黃尊素、施邦曜、倪元璐、周鳳翔、劉宗周、祁彪佳、王思任像贊十頁，李凱跋一頁，共十九頁。其像皆與張宗子的《越中三不朽圖贊》中相同，《三不朽》刊成於乾隆五年，蓋即為《傳芳錄》所本，唯其傳贊則係杜補堂所作，亦頗有佳者。如王遂東像贊曰：

「多公之才，服公之智，畏公之言，欽公之義，山陰有人，首陽是企，餓死事小，行其所志。」小傳末云，「丙戌入鳳林山，不食七日死。」查《鮚埼亭文集》外編卷四十三《與紹守杜君札》云：

「執事軫念明故殉難諸家後人，每歲予以賚恤，且使著為故事，甚厚，所惜討論有未精者。」次乃辨王遂東非死節，其引證云：

「始寧倪無功謂其本有意於筐篚之迎，以病不克，是雖不敢以此玷之，而要之未嘗死則審也。」李蒓客讀《三不朽圖贊》札記云：

「郡縣誌及《越殉義傳》邵廷采《思復堂集》杜甲《傳芳錄》溫睿臨《南

疆逸史》諸書皆稱遂東為不食而死，全氏祖望《鮚埼亭外集》獨據倪無功言力辨其非死節，陶菴生與相接而此贊亦不言其死，可知全氏之言有徵矣。」

倪無功的話不知何以如此可靠，全李二公深信不疑，李既信全言，又引張做證人，卻不知張宗子別有《王謔菴先生傳》，在現行文集卷四中，末有云：

「偶感微疴，遂絕飲食僵臥，時常擲身起，努目握拳，涕洟哽咽，臨瞑連呼高皇帝者三，聞者比之宗澤瀕死三呼過河焉。」此生與相接者之言一也。

《越殉義傳》六卷，俞忠孫著，王遂東事列在卷四，忠孫乾隆己未（四年）序中云：

「《越殉義傳》者，蘋野陶亦魯得之尊公筠廠丈口授也，甫成三十有二傳，以瘵卒，丈發函慟哭，造耐園屬為卒業。」

筠廠即陶及申，雖非遺老，生於崇禎初年，見聞想多可信，或杜補堂以此為據亦未可知，正不必一定要領全氏之教也。又田易堂的《鄉談》中記謔菴之死云：

「王季重先生《致命篇》曰，再嫁無此臉，山呼無此嘴，急則三寸刀，緩則一泓水。絕粒七日，息猶未絕，嗔目直視又三日夜，門人郭鉦曰，先生欲死於孤竹菴耶，舁之至菴而瞑。案江上失守，先生棄家依鳳林墓舍，別架一苫廬，顏曰孤竹菴。署其門曰，舊山永托，何懼一死，丹心不二，寸步不移。蓋早以死自誓矣。」

易堂係康熙時人，在西園十子為前輩，序《宛委山人集》自稱友兄，其輩分可想也。《越縵堂日記》第七冊十一月二十日條下讀《思復堂集》有云：

「至以王遂東為不食而死，陳玄倩為山陰產，鮚埼皆糾其繆，然禮部死節，越人相傳，孤竹名菴，採薇署號，揆其素志，蓋已不誣，或江上之潰，適遘寢疾，固非絕粒，不失全歸，死際其時，無待引決，首丘既正，夫亦何嫌，自不得以生日稱觴曖昧之事妄疑降辱。」其論陳太僕里籍語今從略。李君的話這裡頗近情理。據《越殉義傳》云：

「御史王應昌請拜新命，笑謝之，絕飲食七日，垂革，朝服拖紳，曰，以見先皇帝。目不瞑，時丙戌九月二十二日。」又《文飯小品》唐九經序中云：

「惟是總漕王清遠先生感先生恩無以為報，業啟□□貝勒諸王將大用先生，先生聞是言愈跼蹐無以自處，復作手書遺經曰，我非偷生者，欲保此肢體以還我父母爾，時下尚有□穀數斛，穀盡則逝，萬無勞相逼為。」

我嘗說蓋諸葊初或思以黃冠終老，迨逼之太甚，乃絕食死，或者去事實不遠。若云七十二老翁本欲去投效清朝，不幸病死不果，恐難相信，而全謝山獨有取焉，此事殊可怪，全氏史學雖精，史家風度則似很缺少也。

李蒓客在一月前很贊成全氏的話，以為是「鄉里公論」，這回又根據「越人相傳」對於諸葊頗有恕詞，在我以為說得不錯，雖然在他自己未免前後不一致。不過矛盾的事還多得很，《越縵堂日記》已印行者有五十一冊，讀過多已忘記，僅就記得的來說，在第十一冊同治八年己巳七月二十二日條下又有關於諸葊的一節云：

「王山史《砥齋集》世不多見，僅見於朝邑李時齋《關中文鈔》，其文頗有佳者。……其《甲申之變論》詞意激烈，末一段云：順治初，山陰王思任寄書龍門解允樾，其詞悖慢，追咎神宗，追咎熹宗，不已也，終之曰，繼之以崇禎克剝自雄。嗚呼，生勤宵旰，死殉社稷，此普天哀痛之時也，思任亦人臣，何其忍於刻責而肆為無禮之言以至此哉。

「思任有女曰端淑，能詩文，刻《映然子集》行世，中有言思任之死嫌其數十日之生之多者，蓋謂其死非殉難，不能擇於泰山鴻毛之辨也。嗚呼，臣而非君，女而非父，一何其報之之符也。案季重卒於丙戌，在魯王航海之後，所云順治初者蓋當甲申乙酉間，時秦中已奉正朔也。季重之死，國論已定，惟鄉評尚在疑信間，觀此則知其女已有違言，無待清議矣。惜《映然子集》今亦不得見耳。」

乙丑至己巳前後五年矣，李蒓客的意見似又大動搖，這回卻是信王而不是信全罷了。不過他又非意識地著一語去說明所謂順治初日，時秦中已奉正朔也。天下最不上算的事是罵人，因為正如剃頭詩那麼說，「請看剃頭者，人亦剃其頭」，令人有一何其報之之符之歎。

我們如仿照道學文人做史論專事吹求的辦法，即可以子當死孝的道理去責備映然子，又可以根據秦中已奉正朔的話去忠告王山史，罵別人不殉難而自己稱順治初，也很可笑。王氏的隨筆《山志》在好些年前曾經一讀，印象很不好，覺得道學氣太重，雖然我平常對於明朝遺老多有好感，但有程朱派頭的就不喜歡，顧亭林亦尚難免，王山史更是不行了。今讀《甲申之變論》的一小部分，正是與從前同樣感覺，此種胡氏《管見》式的史論真是不敢請教也。

謔菴以臣而非君在古禮法上或不可恕，這是別一問題，我只覺得論明之亡而追咎萬曆天啟以至崇禎，實是極正當的。中國政治照例腐敗，人民無力抵抗，也不能非難，這不但是法律上也是道德上所不許可的，到得後來一敗塗地，說也沒用。明末之腐敗極矣，真正非亡不可了，不幸亡於滿清，明雖該罵而罵明有似乎親清，明之遺民皆不願為，此我對於他們所最覺得可憐者也。謔菴獨抗詞刻責，正是難得，蓋設身處地的想，我雖覺得他的非難極正當，卻也未必能實行，非懼倪無功王山史，正無此魄力耳。

張宗子杜補堂均謂謔菴素以謔浪忤人，今乃知其復以刻責忤俗，此則謔菴之另一可佩服之點也。

廿五年二月十日，在北平。

陶筠廠論竟陵派

陶筠廠的名字恐怕除紹興人外不大有人知道罷。見於著錄的，商寶意編的《越風》卷九云：

「陶及申，字式南，會稽人，明經。」所選詩共四首。宋長白著《柳亭詩話》三十卷，首有陶序，題曰丁亥秋杪七十二老弟陶及申，據宋岸舫小傳說，康熙乙未卒，年七十，然則是時長白當是六十二歲也。

俞忠孫著《越殉義傳》六卷，目錄後記云：

「《越殉義傳》者，蘋野陶亦魯得之尊公筠廠丈口授也，甫成三十有二傳，以瘵卒，丈發函慟哭，造耐園屬為卒業。」

宣統中紹興公報社印行越中文獻輯存書，其第六種曰「筠廠文選」，共文九十五篇，雖是用有光紙鉛印，多錯字，文卻頗可讀，蓋大都是所謂吳越間遺老尤放恣的一派，深為桐城派人所不喜者也。

《文選》中《王載溪詩論序》末署云辛丑九月下浣里門八十六拙髦陶及申拭目拜手序，同年有《祭婦江氏文》，亦稱八十六歲筠廠髦翁，又有《江氏婦小祥祭文》，可知其次年尚健在，時為康熙六十一年。筠廠有諸書抄讀，自《春秋》四傳以至《帝京景物略》，各有小引，名雋可喜，《文選》共錄二十篇。

寒齋藏有兩種，一即《景物略鈔讀》，一為《鍾伯敬集鈔讀》，《文選》中未著錄。《景物略》抄本第一頁首行曰「菊徑傳書」，下曰「筠廠手錄」，次行低一格曰「帝京景物略」，小注云百三十三頁，計原序目錄及本文適如其數，前後各有引言一頁，與文選本又不同。文選本《帝京景物略鈔引》云：

「予少好讀劉同人文，久而不能忘也。當時于奕正遣搜帝京遺聞，俾就熔鑄，雖巷議街談，悉化為玉屑矣，遂使有明三百年來氣象直與鎬京辟雍爭輝，不至為西樓木葉山所掩也。或者疑其工於筆而不核於事，未免為博洽者所譏，是則不然。太史公好奇，少所割愛，紀傳世家時相刺謬，然讀者不以《漢書》

之雅雅而棄《史記》之爽爽也，予亦安敢因近日駁正諸書而輟抄《景物略》哉。獨惜其陪京一著甫絕筆而身殉虞淵，忠魂不昧，即使修文天上，能無抱恨於廣陵散之歇響耶。」

抄本前引云：

「天生才必有所以用其才，其用之也必有所以供其用。往讀劉同人《春秋》制義，驚其下筆妙天下，既讀《帝京景物略》，富豔峭拔，叢書中得未曾有，然後歎同人之才不獨以制義顯也。蓋帝京自木葉山移都七百年於茲矣，用物取精既弘且碩，設無人焉起而表章之，抑或使小有才者格格不吐一詞，不幾使有明二百四十二年間與契丹蒙古同一（案以上七字原用墨塗過）黯淡無色耶。至若于奕正者，多其藏，厚其力，則又天生之以供同人之用者也。今問世者兩刻，詳略不同，章句字法亦多小異，合而訂之，瑕瑜亦各不相掩，獨其所採詩歌無絕佳者，概置不錄。又聞同人著陪京略，屬稿甫就而節義奪之，不知流落何所也，惜哉。庚午春正十八日識於東大池之太乙樓，及申式南氏。」

又後引云：

「幼嘗讀劉同人《春秋》制義，輒歎其心力崛強，能助人神智。晚乃讀

《帝京景物略》，知其下筆妙天下，雜之漢魏叢書中，有其雋永，無其委瑣，且雅雅也，事不無涉險怪，亦體勢不得不然耳。友人許又文手錄之而刪其詩歌，余仍之也。刻本互有異同，瑕瑜各不相掩，余參之也。又文又為余言，同人著陪京略，尤精詳，屬稿未問世，不知流落何人，恨吾輩緣淺也，尚俟之哉。庚午春正十八日，陶及申式南題於東大池之太乙樓。」

後鈐二印，白文曰陶及申印，朱文曰式南，引下朱文印一曰筠廠，又卷末白文印一曰會稽陶氏家傳。字疑係筠廠手筆，庚午為康熙廿九年，時年五十五，此二引作於同一日，《文選》所收或是晚年改寫本耶。刪詩存文，便於刊刻誦讀，亦是好事，乾隆時紀曉嵐曾有一本行於世，唯紀氏妄以己意多所割截，不及筠廠本遠矣。

《鍾伯敬集鈔》抄本首有小引二頁，傳二頁，目錄及本文共八十六頁，計抄詩百十一首，文四十八首，制義四首。小引云：

「著著在事外，步步在人先，退菴評留侯語，即其所以作詩文法也。詩文大意在《詩歸》一序，序大意在反於鱗，反於鱗未嘗不佳，絕去癡肥凝重之態，一種天然妙趣，初不害其為輕弱也。但效顰者率多里中醜婦，至使美人失色，此與唐人強襲元白體而為元所嗤笑，齊己效韋蘇州語為質而為韋所棄去，同一可鄙。

「余嘗作七言拗體云，天下不敢唾王李，鍾譚便是不猶人，甘心陷為輕薄子，大膽剗盡老頭巾，萬卷書看破瑣瑣，千金畫喚出真真，卻恨村妝無顏色，浣紗溪水汙眉。及讀退菴周伯孔問山亭潘稚恭諸詩序，又讀與兩弟並友夏諸君子書，然後信退菴真欲自成其為鍾子，不願人之效為鍾子也。故凡後乎鍾子而效之，與不能出乎鍾子之選之外而讀之者，皆非鍾子所喜。如鍾子者，除是前介袁石公，後參譚友夏，始乃相視一笑耳。至若袁不為鍾所襲，而鍾之雋永似遜於袁，鍾不為譚所襲，而譚之簡老稍勝於鍾，要皆不足為鍾病，鍾亦不以之自病也。然而鍾之詩文所以可讀者在此，讀鍾之詩文所以不可不簡者亦在此。鑑湖陶及申題。」

低一格有附識五行云：

「先生嘗言少時便喜讀鍾譚詩文，越十年而厭棄之，又越十年而抄其集。夫鍾譚詩文自若也，讀鍾譚詩文者其厭其喜，其喜而厭，厭而不必不喜者，不可不自知其故，然其中有候焉，亦不可得而強也。曾不敏，未能讀鍾譚詩文，而心竊有味乎先生之言，因遂錄先生所抄，且志言焉，以驗後日學力何如。門人丁有曾敬書。」下鈐二印皆白文，一曰丁有曾印，一曰孔宗，文首朱文印一曰畬經。

論理該是丁氏所抄，但字跡與《景物略鈔》彷彿，小引前後亦共鈐三印如前述，目錄後有白文方印一曰陶子筠廠，然則似仍是陶氏物也。這裡很湊巧，兩種抄讀所談的均屬於竟陵派，筠廠的意見又頗高明，尤使我感歎佩服。論《景物略》的話雖好也還普通，如紀曉嵐便也見得到，關於鍾伯敬的末後的一節真是精極，讀了真能令人增進見識。王介錫的《明文百家萃》的譚友夏小傳末引張宗子《石匱書》的話為定論，曰：

「今人喜鍾譚則詆王李，喜王李則詆鍾譚，亦厭故喜新之習也。夫王李自成為王李，鍾譚自成為鍾譚，今之作者自成為今之作者，何必詆，何必不詆。」

陶庵的話固然說得很好，但還不及筠廠的深切著明，我正不禁如丁孔宗那樣心竊有味乎先生之言了。

公安竟陵同樣地反王李，不知怎地鍾譚特別挨罵，雖然在今日似乎風向又轉了，挨罵頂厲害的是袁石公，鍾退菴居然漏出文網之外，這倒是很好的運氣。但在明末清初卻沒有這樣好，其最罵得厲害也最通行的例可以舉出朱彝尊來。李蒓客在同治十一年五月廿七日的日記（《越縵堂日記》第十六冊）閱《明詩綜》條下云：

「即此後之公安竟陵，叢訶攢罵，談者齒冷。竹垞於中郎雖稍平反，而其佳章秀句十不登一，伯敬友夏則全沒其真，此尚成見之未融也。」

我曾說李君論文論學多有客氣，但對於公安竟陵卻是很有理解的，在日記中屢次選錄中郎友夏的詩句，當否且別論，其意總可感。朱氏則如何呢，豈但成見未融，且看他的說法，可以知道叢訶攢罵之妙了。

《靜志居詩話》卷十七鍾惺條下云：

「禮云，國家將亡，必有妖孽。非必日蝕星變，龍漦雞禍也，唯詩有然。萬曆中公安矯歷下婁東之弊，倡淺率之調以為浮響，造不根之句以為奇突，用助語之辭以為流轉，著一字務求之幽晦，構一題必期於不通。《詩歸》出，一時紙貴，閩人蔡復一等既降心以相從，吳人張澤華淑等復聞聲而遙應，無不奉一言為準的，入二豎於膏肓，取名一時，流毒天下。詩亡而國亦隨之矣。」

這一番話說得很可笑，正如根據了亡國之音哀以思的話，說因為音先哀以思了所以好端端的國就亡了，同樣的不通，此正是中國傳統的政治的文學觀之精義，可以收入「什麼話」裡去者也。

卷廿二李沂條下又云：

「李沂，字子化，別字艾山。啟禎間詩家多惑於竟陵流派，中州張瓠客暨弟鳧客避寇僑居昭陽，每於賓坐論詩，有左袒竟陵者，至張目批其頰，是時艾山特欣然相接，故昭陽詩派不墮奸聲，皆艾山導之也。」

杜蔭棠輯《明人詩品》，卷二亦抄引此條，蓋亦深表贊同也。談詩亦是雅事，何至於此。張李二公揮拳奮鬥於前，朱杜二公拍案叫絕於後，衛道可謂勇猛矣，若云談藝則非所宜，誠恐未免為陶某鄉曲一老儒所竊笑耳。

「甘心陷為輕薄子，大膽刬盡老頭巾。」這十四字說盡鍾譚，也說盡三袁以及此他一切文學革命者精神，褒貶是非亦悉具足了。

向太歲頭上動土，既有此大膽，因流弊而落於淺率幽晦，亦所甘心，此真革命家的態度，朱竹垞輩不能領解原是當然，叢訶攢罵亦正無足怪也。陶筠廠卻能知道而且又說明得恰好，可謂難得，我又於無意中能夠聽到這位鄉先輩的高論，很是高興，樂為傳抄介紹，雖然或者有人說是鄉曲之見亦未可知，我卻以為無甚關係，只想多得一個人讀他的議論，我也就多得一分滿足了。

廿五年二月十二日，於北平苦茶庵。

【補記】

《柳亭詩話》卷四有怪鳥一則云：

「溫陵周吏部廷鑨家藏黃石齋一尺牘，末云，文不成文，武不成武，此之謂怪鳥，非惟怪之，而又呆甚。蓋殉難前數日筆也。東崖黃景昉題二絕句於後。詳見陶式南《筆獵》。」又卷十一有雉朝飛一條云：

「陶筠廠《筆獵》載雉朝飛一闋，云無名氏哀玉田黃貞烈而作，激昂頓挫，有鮑明遠筆意。又無名氏《紡織行》哀俞孝烈，顧久也和呂林英《沙城曲》，皆可入採風之選，詳本集。」

小注云：「筠廠石簣先生之裔，所著又有《四書考》，《紀元本末》，《耐久集》。」案《筠廠文選》中《紀元本末》與《筆獵》皆有序，《筆獵序》署庚辰，蓋六十五歲時也。無《四書考》而有《四書博徵序》，疑是一書，又《耐久集》亦無序，只在為俞忠孫序《采隱集》中說及云：「余嘗集當世詩古時文，名之曰『耐久』。」《文選》中有小傳數篇均有致，忠孫之父鞠陵亦有傳，後附宋長白誄辭，有句曰，爰顧陶許，惟汝允諧。小注云：

「陶筠厰及申，許釀川尚質，暨予為耐園四友。」即此可見其交情關係。俞鞠陵是王白岳的女婿，白岳亦是張宗子的好友，《琅嬛文集》及《夢尋》皆有序，其詩集名「碩薖集」，手稿本曾藏馬隅卿先生處，後歸北平圖書館，近聞已裝箱南渡矣。

廿五年二月十七日記於北平。

日本的落語

黃公度著《日本雜事詩》二卷，光緒十六年（一八九〇）增訂為定稿，共二百首，卷下有詩云：

「銀字兒兼鐵騎兒，語工歇後妙彈詞，英雄作賊鴛鴦殉，信口瀾翻便傳奇。」注云：「演述古今事謂之演史家，又曰落語家。笑泣歌舞，時作兒女態，學傖荒語，所演事實隨口編撰，其歇語必使人解頤，故曰落語。」

《日本國志》卷三十六禮俗志三云：

「演述古今事，藉口以糊口，謂之演史家，落語家。手必弄扇子，忽笑忽泣，或歌或醉，張手流目，踦膝扭腰，為女子樣，學傖荒語，假聲寫形，虛怪作勢，於人情世態靡不曲盡，其歇語必使人捧腹絕倒，故曰落語。樓外懸燈，曰，某先生出席，門前設一櫃收錢，有彈三弦執拍子以和之者。」

案志有光緒十三年自序，《雜事詩》注蓋即以志文為本，而此又出於寺門靜軒的戲作。靜軒著有《江戶繁昌記》，前後共出六冊，其第三卷刊於天保五年（一八三四），有「寄」一篇，寄（Yosé）者今寫作寄席，即雜耍場也，其首兩節云：

「鳴太平，鼓繁昌，手技也，落語也，影繪乎，演史乎，曰百眼，曰八人藝，於晝於夜，交代售技，以七日立限，盡限客舃不減，又延日，更引期。大概一坊一所，用樓開場，其家簷角懸籠，招子書曰某某出席，某日至某日。夜分上火，肆端置一錢匣，匣上堆鹽三堆，一大漢在側，叫聲請來請來，夜娼呼客聲律甚似。面匣壁間連懸履屐，係小牌為識，牌錢別課四文。乃無錢至者親懷履上，俗語名此曹謂之油蟲。

一樓數楹，當奧設座，方一筵，高若干尺，隅置火桶，茶瓶蓄湯，夜則兩方設燭。客爭席占地，一席則數月寓都村客，一席則今年參藩士類，五六交頸，七八接臂，新道外妾，代地隱居，番頭乎，手代乎，男女雜居，老少同位。」

此寫寄席情形頗得其妙，唯靜軒原用漢文而多雜和語，蓋遊戲文章之一體，但在中國人便不容易瞭解，如油蟲即蟑螂，為看白戲者的渾名，番頭即掌櫃，手代即夥計等是也。下節寫落語云：

「落語家一人上，納頭拜客，篦鋪剃出（案此云剃頭鋪的徒弟），儒門塾生，謂之前座。旋嘗湯滑舌本，帕以拭喙（原注，折帕大如拳），拭一拭，左右剪燭，咳一咳，縱橫說起。手必弄扇子，忽笑忽泣，或歌或醉，使手使目，踦膝扭腰，女樣作態，傖語為鄙，假聲寫娼，虛怪形鬼，莫不極世態，莫不盡人情，落語處使人絕倒捧腹不堪。剃出始下，此為一出，名此時曰中入（案即戲半休息）。於是乎忍便者如廁，食煙者呼火，渴者令茶，饑者命果。技人乃懸物賣鬮。……早見先生上座，親方（案如曰老頭子，原稱同業同幫的頭兒，今指落語大家，即前座的師父輩也）是也。三尺喙長，辯驚四筵，今笑妙於向笑，後泣妙於前泣，親方之醉，剃出何及，人情穿鑿，世態考證，弟子固不若焉爾。」

靜軒後七十五年，森鷗外著《性的生活》（「Vita Sexualis」），寫十一歲的時候在寄席聽落語，有一節云：

「剛才饒舌著的說話人（Hanashika，即落語家之通稱）起來彎著腰，從高座的旁邊下去了，隨有第二個說話人交替著出來。先謙遜道：人是換了卻也換不出好處來。又作破題道：官客們的消遣就是玩玩窯姐兒。隨後接著講工人帶了一個不知世故的男子到吉原去玩的故事。這實在可以說是吉原入門的講義（案：吉原為東京公娼所在地。）。我聽著心裡佩服，東京這裡真是什麼知識都可以抓到的那樣便利的地方。我在這時候記得了御諫鼓領受這句奇妙的話。但是這句話我以後在寄席之外永遠沒有遇著過，所以這正是在我的記憶上加以無用的負擔的言詞之一。」

諫鼓二字只是音相同，原是無意義的，此處乃是女根的俗稱。鷗外寫此文時不佞正在東京，故覺得所寫景象如在目前，雖然無用的負擔那一句話不曾記得，大約是聽講義不甚熱心之故。靜軒去今已百許年，情形自不免大同小異，如賣鬮固已不見，中入前後亦有數人交代演技，不只一齣即了也。但《繁昌記》的描寫點綴亦自有其佳趣，如納頭拜客以至咳一咳等，可謂刻畫盡致，殊有陶庵《夢憶》之風，黃君採用其文，亦可謂有識，唯不免小有錯誤，即並演史與落語混而為一是也。

日本演史今稱「講談」，落語則是中國的說笑話。古來中國「說話」的情狀只在兩宋的遺老著作裡有得說及，孟元老在《東京夢華錄》卷五所記有小說，合生，說諢話，說三分，說史五種，南宋的《夢粱錄》中又列四科為小說，談經，講史書，合生。《古杭夢遊錄》云：

「說話有四家。一銀字兒，謂煙粉靈怪之事。一鐵騎兒，謂士馬金鼓之事。一說經，謂演說佛書。一說史，謂說前代興廢。」

《都城紀勝》則合銀字兒與鐵騎兒同屬於小說之下。《武林舊事》所記與《夢粱錄》同，但又有說諢話。一總大約有五種花樣，除所謂合生不大明白外，即談經，演史，講故事，說笑話。如講《三國》是演史，講《紅樓》《水滸》似即是小說，我們看現存的《五代史平話》及話本可以知道這個分別，至於說諢話殊少形蹤可考，很是可惜。

日本的講談本以演義為主，但也包括煙粉靈怪等在內，故《雜事詩》云銀字兒兼鐵騎兒，實在還只是講談，與落語無關。據關根默庵著《江戶之落語》及《講談落語今昔譚》所記，安樂庵策傳為落語之始祖，元和九年（一六二三）著《醒睡笑》八卷，實乃《笑林》之流，蓋其初原只是說笑話，供一座的娛樂，及後乃有人在路旁設肆賣藝，又轉而定期登臺，於是演者非一人，故事亦漸冗長，但其歇語必使人捧腹絕倒則仍是其主要特色也。落語家有三遊亭與柳家二派，中間因營業關係創為利用音樂的戲文話或怪談等，與講談相接近，唯其本流還是純粹的落語，不佞在辛亥前所見便是如此。

《江戶之落語》序中有云：「一碗白湯，一柄摺扇，三寸舌根輕動，則種種世態人情，入耳觸目，感興覺快，落語之力誠可與浴後的茗香熏煙等也。」所謂一把扇子的「素話」實為此中最大本領，非靠煙粉金鼓作香料者可比。黃君所詠蓋只是講談，注中所說雖確是落語，與《繁昌記》相同，而落語家之佳者實亦不一定如是，曾見柳家小官（Yanagiya Kosan）升高座，儼然如村塾師，徐徐陳說，如講《論語》，而聽者忍俊不禁，不必忽笑忽泣或歌或醉也。

這裡我覺得奇怪的，中國何以沒有這一種東西。我們只知道正經的說書，打諢的相聲，說笑話並不是沒有，卻只是個人間的消遣，雜耍場中不聞有此一項賣技的。古代的諢話不知道是怎麼說法的，是相聲似的兩個人對說亦未可知，或者落語似的也難說吧，總之後來早已沒有了。中國文學美術中滑稽的分子似乎太是缺乏。日本鳥羽僧正的戲畫在中國不曾有，所以我們至今也沒有人能作漫畫。

日本近世的滑稽本如十返舍一九的《東海道中膝栗毛》，式亭三馬的《浮世風呂》，中國也都沒有。我在《苦茶庵笑話選》序上說：

「查笑話古已有之，後來不知怎地忽為士大夫所看不起，不復見著錄，意者其在道學與八股興起之時乎。」我想這話是不錯的，在事實與道理上都是如此。缺少笑話似乎也沒有什麼要緊，不過這是不健全的一種徵候，道學與八股把握住了人心的證據。

在明末有過一個轉變，在民國初期是第二次了，然而舊的勢力總還是大，清初仍是正統派成功了，現在不知後事如何。談起日本的落語，不禁想到中國的種種問題，豈不是太不幽默乎。道學與八股下的漢民族那裡還有幽默的氣力，然則此亦正是當然的事也。

廿五年上丁，在北平。

逸語與論語

前日買到北平圖書館的一冊《善本書目乙編》，所列都是清代刻本之精善希少者，還有些稿本及批校本。在彷彿被放棄了的北平，幾時有看圖書館善本的福氣我簡直就不知道，看看書目雖不能當屠門大嚼，也可以算是翻食單吧。全書目共百四十五頁，一半是方志與賦役書，但其他部分卻可閱。我覺得有趣味的，寒齋所藏的居然也有兩部在選中，一是曹廷棟的《逸語》十卷，一是陸廷燦的《南村隨筆》六卷。

我買這些書幾乎全是偶然的。陸幔亭本來我就不知道，因為想找點清初的筆記看，於劉獻廷、傅青主、王漁洋、宋牧仲、馮鈍吟、尤西堂、王山史、劉在園、周櫟園等外，又遇見這《隨筆》，已經是雍正年刊本了。序中說他是王宋的門生，又用《香祖筆記》《筠廊偶筆》來比他的書，我翻看一過，覺得這還比得不大錯，與宋牧仲尤相近，雖然這種瑣屑的記錄我也有點喜歡，不過我尤喜歡有些自己的意見情趣的，如劉傅馮尤，所以陸君的筆記我不很看重，原來只是以備一格而已。

曹慈山有一部《老老恆言》，我頗愛讀，本來七十曰老，現在還差得遠哩，但是有許多地方的確寫得好，所以很覺得喜歡。這部《逸語》因為也是曹慈山所輯注的，便買了來，價也不大便宜，幸喜是原板初印，那《恆言》的板卻很蹩腳，是李叢書本而又是後印的。

《逸語》三大本的外表的確是頗為可觀，內容稍過於嚴肅，蓋屬於子部儒家，而這一類的書在我平日是不大看者也。現在又取出《逸語》來一翻，這固然由於《書目乙編》的提示，一半也因為是「上丁」的緣故吧。曹君從周秦兩漢以迄晉宋齊梁諸子百家的書中輯集所記孔子的話，編為十卷二十篇，略如《論語》，而其文則為諸經之所逸，因名曰「逸語」。

我剛才說不喜讀四庫的子部儒家類的書，但是《論語》有時倒也看看，雖然有些玄妙的話，古奧或成疑問的文，都不能懂，其一部分總還可以瞭解而且也很贊成的。

《逸語》集錄孔子之言，不是儒教徒的文集，所以也可以作《論語》外篇讀，我因為厭惡儒教徒，而將荀況孔鮒等一筆抹殺也是不對，這個自己本來知道。平常討厭所謂道學家者流，不免對於儒家類的《逸語》不大表示尊重，但又覺得《論語》還有可看，於是《逸語》就又被拉了出來，實在情形便是如此。

老實說，我自己說是儒家，不過不是儒教徒，我又覺得自己可以算是孔子的朋友，遠在許多徒孫之上。對於釋迦牟尼梭格拉底似乎也略知道，至於耶穌摩罕默德則不敢說懂，或者不如明瞭地說不懂為佳。

《逸語》卷十，第十九篇《軼事》引《呂氏春秋》云：

「文王嗜菖蒲葅，孔子聞而服之，縮頞而食之，三年，然後勝之。」

曹注云：「此見聖人於飲食之微不務肥甘以悅口，亦取有益於身心，與不撤薑食其旨相同，且事必師古之意於此亦可見耳。」

這件事彷彿有點可笑，有如《鄉黨》中的好些事一樣，我卻覺得很有意思。菖蒲根我知道是苦的，小時候端午節用這加在雄黃酒裡喝過，所以知道不是好吃的東西，但如鹽醃或用別的料理法，我想或者要較好，不必三年才會勝之亦未可知。

我們讀古書彷彿也是這個情形，縮頸食之——這回卻不至三年了，終於也勝之，辨別得他的香，也嘗透了他的苦及其他的藥性。孔子吃了大有好處，據《孝經緯》云，「菖蒲益聰」，所以後來能編訂《易經》，瞭解作者之憂患，我們也因此而能尚友聖人，懂得儒道法各家的本意。不佞於此事不曾有特別研究，在專門學者面前抬不起頭來，唯如對於一般孔教徒則我輩自稱是孔聖人的朋友殆可決無愧色也。

《逸語》卷一有引《荀子》所記的一節話云：

「子曰，由，志之。奮於言者華，奮於行者伐，色智而有能者，小人也。故君子知之曰知之，不知曰不知，言之要也。能之曰能之，不能曰不能，行之至也。言要則智，行至則仁，既仁且智，夫惡有不足矣哉。」

這話雖然稍繁，卻也說得很好。《論語》，《為政》第二云：

「子曰，由，誨女知之乎。知之為知之，不知為不知，是知也。」意思正自相像。孔子這樣看重知行的誠實，是我所最佩服的一件事。

《先進》第十一云：

「季路問事鬼神，子曰，未能事人，焉能事鬼。曰，敢問事死，曰，未知生，焉知死。」《子路》第十三云：

「樊遲請學稼，子曰，吾不如老農。請學為圃，子曰，吾不如老圃。」

又《衛靈公》第十五記公問陳，孔子也答說「軍旅之事未之學也」。這種態度我也覺得很好。雖然樊遲出去之後孔子數說他一頓，歸結到「焉用稼」，在別處如《泰伯》第八也說，「籩豆之事則有司存」，可見他老先生難免有君子動口小人動手的意思，覺得有些事不必去做，但這也總比胡說亂道好。

我嘗說過，要中國好不難，第一是文人不談武，武人不談文。蓋《大學》難懂，武人不讀正是言之要也，大刀難使，文人不耍便是行之至也，此即是智與仁也。《季氏》第十六又有一節云：

「孔子曰，求，君子疾夫舍曰欲之而必更為之辭。」下文一大串政治哲學大為時賢所稱賞，我這裡只要這一句，因為與上面的話多少有點關係。

孔子這裡所罵的比以不知為知以不能為能情節還要重大了，因為這是文過飾非。因為我是儒家思想的，所以我平素很主張人禽之辨，而文過飾非乃是禽以下的勾當。

古人說通天地人為儒，這個我實在不敢自承，但是如有一點生物學文化史和歷史的常識，平常也勉強足以應用了。

我讀英國捺布菲修所著《自然之世界》與漢譯湯姆生的《動物生活史》，覺得生物的情狀約略可以知道，是即所謂禽也。人是一種生物，故其根本的生活實在與禽是一樣的，所不同者他於生活上略加了一點調節，這恐怕未必有百分之一的變動，對於禽卻顯出明瞭的不同來了，於是他便自稱為人，說他有動物所無的文化。

據我想，人之異於禽者就只為有理智吧，因為他知道己之外有人，己亦在人中，於是有兩種對外的態度，消極的是恕，積極的是仁。假如人類有什麼動物所無的文化，我想這個該是的，至於汽車飛機槍炮之流無論怎麼精巧便利，實在還只是爪牙筋肉之用的延長發達，拿去誇示於動物但能表出量的進展而非是質的差異。我曾說，乞食是人類文明的產物。恐要妨害隔壁的人用功而不在寄宿舍拉胡琴，這雖是小事，卻是有人類的特色的。

《衛靈公》第十五云：「子貢問曰，有一言而可以終身行者乎？子曰，其恕乎，己所不欲勿施於人也。」

《公冶長》第五云：「子貢曰，我不欲人之加諸我也，吾亦欲無加諸人也。子曰，賜也，非爾所及也。」

孔子這種地方的確很有見解。但是人的文化也並不一定都是向上的，人會惡用他的理智去幹禽獸所不為的事，如暗殺，買淫，文字思想獄，為文明或王道的侵略，這末了一件正該當孔子所深惡痛疾的，文過飾非自然並不限於對外的暴舉，不過這是最重大的一項罷了。

孔子的話確有不少可以作我們東洋各國的當頭棒喝者，只可惜雖然有千百人去對他跪拜，卻沒有人肯聽他。真是瞭解孔子的人大約也不大有了，我輩自認是他的朋友，的確並不是荒唐。大家的主人雖是婢僕眾多，知道主人的學問思想的還只有和他平等往來的知友，若是垂手直立，連聲稱是，但足以供犬馬之勞而已。

孔子云：「益者三友，損者三友。友直，友諒，友多聞，益矣。友便僻，友善柔，友便佞，損矣。」我們豈敢對聖人自居於多聞，曰直曰諒，其或庶幾，當勉為孔子之益友而已。

【附記】

文中所引《論語》係據四部叢刊景印日本南北朝正平刻本，文字與通行本稍有不同，非誤記也。

廿五年二月丁祭後三日記於北平。

日本雜事詩

今年陰曆的廠甸我居然去了三次，所得到的無非都是小書零本罷了，但是其中也有我覺得喜歡的，如兩種《日本雜事詩》即是其一。

黃公度的著作最知名的是《人境廬詩草》十一卷，辛亥年梁任公在日本付印的原本今雖少見，近年北平有重校印本，其次《日本國志》四十卷，浙江刻板今尚存在。這兩卷《日本雜事詩》雖然現在不大流行，在當時卻很被人家珍重，看它板本之多就可以知道。

我在去年的廠甸買得一種，是光緒十一年十月梧州刻本，有黃君新序。今年所得的其一為天南遁窟活字板本，題曰光緒五年季冬印行，前有王韜序則云光緒六年二月朔日，可知是在次年春天才出版的。又其一是光緒廿四年長沙刻本，有十六年七月的自序，末附戊戌四月的跋。

在王韜的《扶桑遊記》中卷，光緒五年四月二十二日條下致余元眉中翰書（又見《弢園尺牘》卷十二）中有云：

「此間黃公度參贊撰有《日本雜事詩》，不日付諸手民，此亦遊宦中一段佳話。」

又《雜事詩序》云：

「逮余將行，出示此書，讀未終篇，擊節者再，此必傳之作也，亟宜早付手民，俾世得以先睹為快，因請於公度即以餘處活字板排印，公度許之，遂攜以歸。旋聞是書已刻於京師譯館，洵乎有用之書為眾目所共睹也。」

案《雜事詩》於光緒五年孟冬由同文館以聚珍板印行，然則此王氏本當為第二種板本也。黃君戊戌年跋云：

「此詩光緒己卯上之譯署，譯署以同文館聚珍板行之，繼而香港循環報館日本鳳文書坊又復印行，繼而中華印務局日本東西京書肆復爭行翻刻，且有附以伊呂波及甲乙丙等字，衍為注釋以分句讀者。乙酉之秋余歸自美國，家大人方榷稅梧州，同僚索取者多，又重刻焉。丁酉八月余權臬長沙，見有懸標賣詩者，詢之又一刻本，今此本為第九次刊印矣。此乃定稿，有續刻者當依此為據，其他皆拉雜摧燒之可也。」

據這裡所說，梧州刻當是第七種板本，長沙刻為第九種亦即是定本。《叢書舉要》卷四十五所載「弢園老民手校刊本」中有重訂《日本雜事詩》一本，重訂云者當係改定之本，唯弢園生於道光戊子，在戊戌年已是七十一歲，不知其尚在人間否，且亦不能料他有如此老興來重印此書否也。所以現在看來，此定稿似只有長沙的刻本，後來不曾復刻，我於無意中得到，所謂覺得喜歡就是為此。

《雜事詩》原本上卷七十三首，下卷八十一首，共百五十四首，今查定本上卷刪二增八，下卷刪七增四十七，計共有詩二百首。至其改訂的意思，在十六年的自序中很明瞭地說道：

「余於丁丑之冬奉使隨槎，既居東二年，稍與其士大夫遊，讀其書，習其事，擬草《日本國志》一書，網羅舊聞，參考新政，輒取其雜事衍為小注，串之以詩，即今所行《雜事詩》是也。時值明治維新之始，百度草創，規模尚未大定，……紛紜無定論。余所交多舊學家，微言刺譏，諮嗟太息，充溢於吾耳，雖自守居國不非大夫之義，而新舊同異之見時露於詩中。及閱歷日深，聞見日拓，頗悉窮變通久之理，乃信其改從西法，革故取新，卓然能自樹立，故所作《日本國志》序論往往與詩意相乖背。

「久而遊美洲，見歐人，其政治學術竟與日本無大異，今年日本已開議院矣，進步之速為古今萬國所未有，時與彼國穹官碩學言及東事，輒斂手推服無異辭。使事多暇，偶翻舊編，頗悔少作，點竄增損，時有改正，共得詩數十首，其不及改者亦姑仍之。嗟夫，中國士夫聞見狹陋，於外事向不措意，今既聞之矣，既見之矣，猶復緣飾古義，足己自封，且疑且信，逮窮年累月，深稽博考，然後乃曉然於是非得失之宜，長短取捨之要，余滋愧矣。」

黃君的這見識與態度實在很可佩服，梁任公的《嘉應黃先生墓誌銘》裡說得好：「當吾國二十年以前未知日本之可畏，而先生此書（案指《日本國志》）則已言日本維新之功成則且霸，而首先受其衝者為吾中國，及後而先生之言盡驗，以是人尤服其先見。」

不特此也，黃君對於日本知其可畏，但又處處表示其有可敬以至可愛處，此則更難，而《雜事詩》中即可以見到，若改正後自更明瞭了。

原本卷上第五十詠新聞紙詩云：

「一紙新聞出帝城，傳來令甲更文明，曝簷父老私相語，未敢雌黃信口評。」

定本則云：「欲知古事讀舊史，欲知今事看新聞，九流百家無不有，六合之內同此文。」

注云：「新聞紙以講求時務，以周知四國，無不登載，五洲萬國如有新事，朝甫飛電，夕既上板，可謂不出戶庭而能知天下事矣。其源出於邸報，其體類乎叢書，而體大而用博則遠過之也。」

此注與原本亦全不同。以詩論，自以原本為佳，稍有諷諫的風味，在言論不自由的時代或更引起讀者的共鳴，但在黃君則讚歎自有深意，不特其去舊布新意更精進，且實在以前的新聞亦多偏於啟蒙的而少作宣傳的運動，故其以叢書（Encyclopedia）相比並不算錯誤。

又原本卷上第七十二論詩云：

「幾人漢魏溯根源，唐宋以還格尚存，難怪雞林賈爭市，白香山外數隨園。」

注云：「詩初學唐人，於明學李王，於宋學蘇陸，後學晚唐，變為四靈，逮乎我朝王袁趙張（船山）四家最著名，大抵皆隨我風氣以轉移也。白香山袁隨園尤劇思慕，學之者十八九，小倉山房隨筆亦言雞林賈人爭市其稿，蓋販之日本，知不誣耳。七絕最所擅場，近市河子靜大窪天民柏木昶菊池五山皆稱絕句名家，文酒之會，援毫長吟高唱，往往逼唐宋。余素不能為絕句，此卷意在隸事，乃仿《南宋雜事詩》《灤陽雜詠》之例，排比成之，東人見之不轉笑為東施效顰者幾希。」

日本人做漢詩，可以來同中國人唱和，這是中國文人所覺得頂高興的一件事，大有吾道東矣之歎。

王之春《東遊日記》卷上光緒五年十一月初三日紀與黃公度參贊相見，次日有題《日本雜事詩》後四絕句，其四云：

「自從長慶購雞林，香爇隨園直到今，他日新詩重譜出，應看紙價貴兼金。」即是承上邊這首詩而來，正是這種意思，定本卻全改了，詩云：

「豈獨斯文有盛衰，旁行字正力横馳，不知近日雞林賈，誰費黃金更購詩。」

注仍如舊，唯末尾「往往逼唐宋」之後改云：

「近世文人變而購美人詩稿，譯英士文集矣。」

就上文所舉出來的兩例，都可以看出作者思想之變換，蓋當初猶難免緣飾古義，且信且疑，後來則承認其改從西法革故取新，卓然能自樹立也。

胡適之先生在《五十年來中國之文學》中敘黃君事云：

「當戊戌的變法，他也是這運動中的一個人物。他對於詩界革命的動機似乎起得很早。」

他在早年的詩中便有「我手寫我口」的主張，《日本國志》卷三十三學術志論文字處謂中國將有新字體新字可以發生，末云：

「周秦以下文體屢變，逮夫近世，章疏移檄告諭批判，明白曉暢，務期達意，其文體絕為古人所無，若小說家言更有直用方言以筆之於書者，則語言文字幾幾乎復合矣，余又烏知夫他日者不更變一文體為適用於今通行於俗者乎。

嗟乎，欲令天下之農工商賈婦女幼稚皆能通文字之用，其不得不於此求一簡易之法哉。」

黃君對於文字語言很有新意見，對於文化政治各事亦大抵皆然，此甚可佩服，《雜事詩》一編，當作詩看是第二著，我覺得最重要的還是看作者的思想，其次是日本事物的紀錄。這末一點從前也早有人注意到，如《小方壺齋輿地叢鈔》中曾抄錄詩注為日本雜事一卷，又王之春著《談瀛錄》卷三四即《東洋瑣記》，幾乎全是抄襲詩注的。《雜事詩》講到畫法有云：

「有邊華山椿椿山得惲氏真本，於是又傳沒骨法。」

《東洋瑣記》卷下引用而改之曰：

「有邊華山椿家。山椿得惲氏真本，於是傳沒骨法。」卻不知邊華山椿椿山原是兩人，椿山就姓椿，華山原姓渡邊，因仿中國稱為邊華山，現代文人佐藤春夫亦尚有印文曰藤春也。王君把他們團作一個人，雖是難怪，卻亦頗可笑。

定稿編成至今已四十六年，記日本雜事的似乎還沒有第二個，此是黃君的不可及處，豈真是今人不及古人歟。

民國廿五年三月三日，於北平。

【補記】

《雜事詩》第一板同文館聚珍本今日在海王村書店購得，書不必佳，只是喜其足備掌故耳。

五月廿六日記。

書法精言

偶得《書法精言》二冊，首題新昌王濱洲編輯，乾隆辛卯新鐫，三樹堂藏板。書凡四卷，分執筆與永字八法，統論，分論，臨摹，評論法帖等項，本庸陋無聊，我之得此只因係禁書耳。卷首有自序云：

「書者，六藝之一也。夫子曰，行有餘力，則以學文。書亦文中一事，是弟子不可以不學也。又曰，游於藝。是成德者不可以不事也。自古明王碩輔，瑰士英流，莫不留心筆跡，其壽於金石者亙千載而如新，孰謂斯道小伎而非士君子亟宜留心哉。故范文正公與蘇才翁曰，書法亦要切磋，未是處無惜賜教。

「況自唐以書判取士，於今為烈，凡掇巍科而擢翰苑者靡不由是而升。士生今日而應科舉，求工制藝而不留神書法，抑亦偏矣。但地有懸殊，遇有得失，嘗有卓然向上者或不能親名哲之輝光，指授筆陣，又無奇書秘旨以浚發其心胸，蹉跎有用之歲月，莫窺羲獻之藩籬者，不知凡幾。

「噫嘻，書譜之纂豈不貴哉。顧或言焉而不詳，詳焉而不精，仍無以作墨池之桴筏，以登於岸。近世不少纂錄，戈氏為善，然猶未備也。欽惟我國家列聖相承，龍章鳳藻，照耀星漢，而佩文書畫之纂，搜羅今古，囊括宇內，煥乎若日月之昭回矣，惜下邑不獲多見，貧士又艱於覯求。鯫生以庚辰落第，肄業都下，恭求其本，杜門三月，得其言之尤精及夙聞於諸家者，匯為一集，約分四卷，名曰書法精言，藉以自課也。

「竊念少壯蹉跎，授受無自，又性好纂錄，信手塗鴉，陵遲以至於今日，中實愧恨。然實而課穎底之龍蛇，尚慚池煙之未黑，虛而玩案頭之波磔，庶幾筆髓之旁融。今雖馬齒加長，尤願孜孜焉日就月將，黽勉翰墨之場，以追襲古人之後塵，斯為快也已。乾隆辛卯年九月廿三日，舟過韓莊閘，豫章濱洲王錫侯書。」

王錫侯的《字貫》案，在民國六年出版的《心史叢刊》三集中孟先生有一篇敘述，故宮博物院出版的《清代文字獄檔》已出至第九集，卻還沒有講到這案。據《東華錄》載乾隆四十二年（一七七七）王瀧南告發王錫侯編《字貫》一書，詆斥《字典》，結果查出凡例中將玄燁胤禛弘曆字樣開列，定為「大逆不法」，照大逆律問擬，以申國法而快人心。

王錫侯編著各書不問內容如何，也都一律禁毀。孟先生文中云：「又據《禁書總目》所載應毀王錫侯悖妄書目，有《國朝詩觀》前集二集，有《經史鏡》，有《字貫》，有《國朝試帖詳解》，有《西江文觀》，有《書法精言》，有《望都縣誌》，有小板《佩文詩韻》，有翻板《唐詩試帖詳解》，有《故事提要錄》，有《神鑑錄》，有《王氏源流》，有《感應篇注》。今各書皆未之見，僅見《經史鏡》一種，於其序跋見王錫侯之生平，於其義例見錫侯著書之分量，此亦談故事者之一大快矣。」

孟先生根據《經史鏡》的跋，查出錫侯生於康熙五十二年癸巳（一七一三），《經史鏡》刊成於乾隆丙申，即被逮的前一年，年六十四，《書法精言》序云辛卯，蓋五十九歲時作也。錫侯之為人，孟先生亦從序跋中略為研究，稱其蓋亦一頭巾氣極重之腐儒，批評極當。

《經史鏡》所分門目既多可笑，如首以慶殃報復，次以酒色財氣四戒，孟先生已稱其義例粗鄙，又如所著有《感應篇注》，書雖未見，內容亦可想而知，總之不出那庸妄的一路罷了。此外如《佩文詩韻》，《試帖詳解》等，都是弋取功名的工具，《書法精言》亦是其一，讀序文可知，文章既欠通順，思想尤為卑陋，只似三家村塾師所為，連想起龔定菴的《干祿新書序》來，覺得有天壤之殊，像定公的才真夠得上狂悖訕謗的罪名，錫侯那裡配呢。

孟先生論錫侯的學問人品云：

「生平以一舉鄉試為無上之榮，兩主司為不世之知己，此皆鄉曲小儒氣象，決非能有菲薄朝廷之見解者。……觀其種種標榜之法，錫侯之為人可知，要於文字獲罪，竟以大逆不道伏誅，則去之遠矣。陋儒了無大志，乃竟如後世所謂國事之犯，以國家仇此匹夫，亦可見清廷之冤濫矣。」

王錫侯實在是清朝的順民，卻正以忠順而被問成大逆，孟先生謂其以臨文不諱之故排列康熙雍正乾隆三帝之名，未免看得太高，其實恐怕還是列舉出來叫人家避用，不過老實地排列了，沒有後人那樣聰明說上一字是天地某黃之某，所以竟犯了彌天大罪耳。

康熙中出版的王弘撰的《山志》凡例中有云：

「國諱無須行定字，今亦依唐人例但闕一筆。」可見在清初這種事本不怎麼嚴密規定，又看見康熙時文人的手稿或抄本，玄字亦不全避，蓋當時或者就很隨便，錫侯習焉不察或不能觀察世變，在《南山集》《閒閒錄》各案發生之後，猶漫不經心，故有此禍。其實這也不能責備錫侯，專制之世，閉門家裡坐，禍從天上來，他自己亦不知道也。孟先生在論《閒閒錄》案中云：

「實則草昧之國無法律之保障，人皆有重足之苦，無怪乾嘉士大夫屏棄百務，專以校勘考據為業，藉以消磨其文字之興，冀免指摘於一時，蓋亦捫舌括囊之道矣。」孟先生寫此文時在民國六年，慨乎其言之，今日讀此亦復令人慨然也。

查北平圖書館《善本書目乙編》四總集類有《國朝詩觀》十六卷，清王錫侯編，清乾隆三樹堂刻本，蓋是初集也。文化南渡，善本恐麇集於上海灘上矣，此《詩觀》亦不知何時可以有一見的眼福，孟先生所說的《經史鏡》似亦未必在北平，然則我所有的破爛的兩冊《書法精言》豈非《字貫》案中現在僅在的碩果乎。書雖不佳卻可寶貴，其中含有重大的意義，因為這是古今最可怕的以文字思想殺人的一種蠻俗的遺留品，固足以為歷史家的參考，且更將使唯理論者見之而沉思而恐怖也。

民國廿五年三月十日，於北平知堂。

【附記】

清代文字獄考與禁書書目提要都是研究院的好題目，只可惜還沒有人做。圖書館也該拼出一筆冤錢，多搜集禁書，不但可以供研究者之用，實在也是珍籍，應當寶重，雖然未必是善本。禁書的內容有些很無聊，如《書法精言》即是，上文雲冤錢者意即指此，然而錢雖冤卻又是值得花者也。

文學的未來

日本現代詩人萩原朔太郎著散文集《絕望之逃走》中有一篇小文，題曰「文學的未來」，今譯述其大意云：

「讀這一件事是頗要用力的工作。人們憑藉了印刷出來的符號，必須將這意思訴於腦之理解，用自己的力去構成思想。若是看與聽則與此相反，都容易得多。為什麼呢？因為刺激通過感覺而來，不必要自己努力，卻由他方把意思自兜上來也。

「但是在現今這樣的時代，人們都是過勞，腦力耗費盡了的時代，讀的事情更覺得麻煩了。在現今這樣的時代，美術音樂特被歡迎，文學也就自然為一般所敬遠。特別又有那電影，奪去了文學的廣大領域。在現今時代，只有報紙還有讀者。但是就是那報紙，也漸覺得讀的麻煩，漸將化為以視覺為本位的畫報。

「現在最講經濟的商人們大抵不大讀報紙，只去聽無線電，以圖時間與腦力之節省。最近有美國人豫想電報照相法的完成，很大膽地這樣公言。他說在近的將來報紙將要消滅，即在今日也已經漸成為落伍的東西了。假如報紙還要如此，那麼像文學這樣物事，自然更只是古色蒼然的一種舊世紀的存在罷了。

「文學的未來將怎樣呢？恐怕這滅亡的事斷乎不會有吧。但是，今日以後大眾的普遍性與通俗性將要失掉了吧。而且與學問及科學之文獻相同，都將引退到安靜的圖書館的一室裡，只等待特殊的少數的讀者吧。在文學本身上，這樣或者反而將使質的方面能有進步亦未可知。」

萩原的話說的很有意思，文字雖簡短而含有豐富的意義。讀的文學之力量薄弱，他敵不過聽的唱歌說書，看的圖繪雕刻，以及聽看合一的戲劇，原是當然的，不過近來又添了無線電，畫報，以及有聲電影，勢頭來得更兇猛了，於是就加速度地完成了他的沒落。

這些說來似乎活現一點，其實也浪漫了一點，老實說文學本來就沒有浮起來過，他不曾爬得高，所以也不怎麼會跌得重。他的地位恐怕向來就只在安靜的圖書館的一角，至少也是末了總到這一角裡去，即使當初是站在十字街頭的。我想文藝的變動終是在個人化著，這個人裡自然仍含著多量的民族分子，但其作品總只是國民的而不能是集團的了。

有時候也可以有一種誠意的反動，想復歸於集團的藝術，特別是在政治上想找文學去做幫手的時候，也更可以有一種非誠意的運動，想用藝術造成集團，結果都是不如意。這原是不足怪的。集團的藝術如不是看也總是聽，不然即難接受。兒童喜看「小人書」，文理不大通的人喜念新聞，便是家書也要朗誦，這都是讀也不能離開看與聽的證據，若單是讀——即使如朱晦菴所說十目一行地讀，那是不很容易的玩藝兒。

荷馬的史詩，三家的悲劇，莎士比亞的戲曲，原來都是在市場（Agora）唱演過的，看客一散，寫成白紙黑字，又傳了千年百年，大家斂手推服，認為古今名作，可是讀起來很是艱難了，很艱難地讀懂了之後自然也會瞭解他的好處，可是原來所謂大眾的普遍性與通俗性卻是早已失掉了。

一個文人如願意為集團服務，可以一直跑到市場去，湔除一己的性癖，接受傳統的手法與大眾的情緒，大抵會得成功，但這種藝術差不多有人亡政熄之悲，他的名望只保得一生，即使他的底稿留存，無論是《三國》《水滸》那麼好，一經變成文學，即與集團長辭，坐到安靜的圖書館的一角裡去，只有並不特殊也總是少數的讀者去十目一行地讀讀而已。

我相信讀這一件事實在是非常貴族的，也是很違反自然的，古人雖說啄木鳥會畫符，卻總不曾聽說大猩猩會得通信，所以倉頡造天地玄黃等字而鬼夜哭，實在不是無故的吧。寫而不是畫，要讀了想而不是念了聽的，這樣的東西委實很是彆扭，我想是無法可以改良的。

他的命運大約是如萩原所說，最好讓他去沒落，去成為古色蒼然的舊世紀的存在，在別一方面如要積極地為集團服務或是有效地支配大眾，那麼還是去利用別的手段，一句話就是凡可以聽可以看或可以聽且看的，如音樂美術，畫報戲曲有聲電影，當更可勝任愉快。

世界上如肯接收這個條陳，採用看與聽的東西去做宣傳，卻將讀的東西放下了，這還可以有一種好處，即世間可得到一點文學的自由，雖然這還說不到言論的自由。文學既不被人利用去做工具，也不再被干涉，有了這種自由他的生命就該穩固一點了，所以我的意思倒有幾分與萩原相同，對於文學的未來還是抱點樂觀的。

三月十四日。

王湘客書牘

今日從舊書店買了一冊尺牘殘本，只有四十六葉，才及原書八分之三，卻是用開花紙印的，所以破了一點鈔買了回來。書是後半冊，只板心題曰「王湘客書牘」，卷尾又云「薄遊書牘」，看內容是明臨沂王若之所著，自崇禎九年丙子至乙酉，按年編排，共存書牘六十四首，其甲申年三首中有一書完全鏟去，連題目共留空白七行，此外說及虜胡等處亦均空白，蓋板刻於清初而稍後印者歟。

編年干支照例低一格寫，乙酉上則尚有二字，今已鏟去，小注云：「年五十三歲，在南守制，值國大變，（缺四字）棄家而隱。」所列三書皆可抄，寄張藐山塚宰云：

「客冬襄垣叩謁，方知移寓宛陵，向絕魚鴻，起居應善。自鳳麟去國，梟獍當朝，傾覆淪亡，一旦至此。（缺十字）不孝即日棄家，再遠匿矣。夜行晝伏，背負衰慈，鋒鏑荊榛，途欺僕叛，萬千毒苦，始抵湖陽，哀此煢煢，寄棲何所。思近堂翁僦屋安頓，倘蒙委曲，深感帡幪。」答友人云：

「不孝忝為士夫，雖不在位莫效匡扶，正惟草莽之中當勖從一之節，一心堅定，百折何辭，至於身家久付之敝屣矣。勸言若愛，實未敢聞，口占附呈，此血墨也。乙酉仲夏書。（此五字低一格小字，或係詩題亦未可知。）

腐儒無計挽頹綱，荊棘崎嶇但隱藏。見說□□心盡□，故令率土病成狂。抱頭擲主周妻子，□□□預表章。天塹江流空日夜，吞聲孤淚與俱長。」詩亦是小字，上有眉批云：「狂瀾砥柱，一□千鈞。」一字底下看意義與痕跡似應是髮字，不知何以違礙，豈友人乃來勸薙髮者乎。又答友人云：

「（缺十四字）自古未聞仁者而失天下。一治一亂，其惟時使之乎。」

這三封信沒有多大重要，不過可以知道他是一位遺老，末了一信乃是亡天下後的感情上的排遣話，其實是未必然，而且他的其他書牘所給予我們的教訓也並不是這樣說。

《薄遊書牘》的好處，我覺得與從前讀陶路甫《拜環堂集》的尺牘相同，是在告訴我們明末官兵寇虜這四種的事情。

照這些文章看來，寇與虜的發展差不多全由於官與兵的腐敗。丙子年答京貴云：「不肖負疴入山深矣，嫠緯不恤而漆室過憂談天下事乎。明問諄諄，不忍有負虛心之雅，君親並念，亦何敢作局外之觀。竊惟寇蹂躪五六省，虜跳梁十餘年，喪失虔劉，徵求饑饉，天下亦甚病矣。以芻蕘之愚，急則治標，策虜無攻法，策寇無守法，策財無損下之法。無攻法須守，無守法須攻，無損下之法須上節。」

這所說的實在很有見識，但是這樣自然就無人贊成，而且實行也有困難，如關於「上節」他的辦法裡有這幾句話：

「上供歲六百萬，倘暫減百萬。宗祿歲千萬，倘暫減二三百萬。上供金花籽粒即不容減，顏料油漆絲縷香蠟稍減一二可委曲也。宗祿中尉以下日用所資亦不議減，藩王郡王將軍世子厚祿贍養，報本同仇，十頁二三，捐之一時，正欲享之千世也。如斯遞節，以代民輸。」

此意雖善，明末君臣豈能行哉。書末原有小字批云：

「此王少參昔年畫議，今局已變，寇果合，兵愈費，財愈絀，虜愈横矣。惜也。」

王湘客在南京多管糧餉事，書中常言餉乏，卻尤愁民窮，這思想本是平常，但大可佩服，他蓋知道餓死事大也。如前書中曾云：

「上之節談何容易，奈至今日下已無可損矣。竊謂止沸不在揚湯，治標必須探本，亂之本因民窮，民窮始盜起，盜起始用兵，用兵始賦重，賦重民益窮，民益窮盜益起，由今之道非策也。」戊寅年上督師書中云：

「日前民窮盜起，今也民極盜增，可見此時患無蒼赤，不患無兜鍪也。」王午年與六部揭，為江左阽危不在巨賊窺伺而在盜臣蠹空事，有云：

「軍糧欠斷六個月，兵餉欠斷四個月，鹽菜欠斷二十個月，荷戈怨怒，夕不謀朝。」庚辰冬答詹侍御書中云，若能得二萬兩發各營八月之餉，「庶乎各兵相信，尚肯忍饑忍寒從容俟我講求催討。」那麼這方面也很不成樣子，而其原因則如與六部揭所云：

「軀殼空立，血脈全枯。大老一仕肥家，田廬遂連滇黔兩省矣。昔人有言，天下有窮國窮民而無窮士大夫，此之謂也。」眉批四字云，「時之痼疾。」

辛巳年書牘最多，共有二十九首，其中數書述流寇事亦大可參考，今只取答史道鄰漕撫書為代表，後半云：

「賊騎約七八百，婦女五六百，步數百，舁兩棺，每棺舁者六十餘人，內皆銀也，又抬十三鞘，驢騾負載不計數，累墜驕懈，頓一面堅閉之城下，臨一面大淮之水邊，咫尺方隅，正是自投死地。計鳳鎮騎兵千餘，步火三千，向使夜半一鼓，可盡殲此賊，不則兩面圍蹙，絕其人馬之食，三日自斃。古昔軍儲不靠朝供，率因糧於敵，如剿此幺麼一枝，即可坐得餉銀十數萬，不省四府窮民兩年供輸乎。乃當事者閉門不惹，反給牌導之過準，入豫大夥矣，想縱虎養虎，各處皆類此也。語云，兩葉不剪，將尋斧柯。百日難收，一時失策，付之浩歎而已。」

三百年後人讀此書亦不禁浩歎，給牌導之過準似稍過分，但類似的事則古今蓋多有也。中國多文盲，即識字者亦未必讀明末稗史，卻不知何以先聖後聖其揆若一，《拜環堂尺牘》中所記永平遵化之附虜，《薄遊書牘》中所記臨淮鳳陽之縱寇，真如戲臺上的有名戲文，演之不倦，看之亦不厭。不曉得有什麼方法，可以使不再扮演，不佞卻深愧不能作答也。

書牘中也有些可讀的文章。從前我抄陶路甫的尺牘，引他一篇寄王遂東工部，這裡在丁丑年也有一篇柬王季重兵憲，就把他抄在下面：

「恭惟老先生曠代絕才，千秋作者，文章憎達，早返初衣，固知世上浮雲，名山不朽，而有道自許終在此不在彼耳。若之無似，生於患難，長於困窮，不讀不耕，三番苟仕，猶未即拋雞肋，益羨千仞鳳翔為不可企及已。茲也就食白下，奈兩人皓首懷鄉，雁戶無停，浮家難定，抑又苦矣。所幸去居甚近，仰斗尤殷，敬肅八行，用布歸往。蕪穢之稿，友欲木災，實是廢籠久塵，不敢一示有道，老先生可片言玄宴，使若之感附驥飛揚乎。冒昧奉書，主臣曷已。」

這原是尋常通問的信，但說得恰好，不是瞎恭維，我們不好說是文學上的一派，總是聲氣很相通的，所以要請他做序，只不知道這是什麼書，查《謔菴文飯小品》可惜也不見這些文章，或者是在那六十卷的大《文飯》裡罷，這就不可得而知了。戊寅年柬宋喜公大令云：

「客子病，細雨天，知己遠移，黯然曷已。」

辛巳年答友人云：

「敝鄉山中氣候，六七月似江南四五月，每歲竟似少一六月而多一臘月。寒猶可禦，暑何所施，所以妻孥止覺南中之苦。」眉批云，「話故山令人神往。」

但是也只是這兩篇稍為閒適，而其中亦仍藏著苦趣，若是別篇便更了然。

庚辰年寄友人云：

「離群之雁，形影自憐，蚊睫之棲，飄搖不定，屋梁雲樹，我勞如何。伏承道履崇佳，景福茂介。不肖弟烽煙刺目，庚癸煎心，傴僂疲筋，簿書鞅掌，風雅掃地盡矣，尚能蒙濠觀化，仿高齋魚樂笑談也乎。孤城孤抱，真苦真愁。忽屆中秋，流光可訝，緬惟五載東西南北，未能與家人父子一看團。仕隱兩乖，名實俱謬，重可慨也。」

辛巳寄楊雲嶠書中自稱惟弟日夕自忙自亂自愁自歎而已，可以知道他的景況，但是忙了愁了多少年，結果只落得以「其惟時使之乎」排遣，此又是可令後人為之浩歎者也。

王湘客的詩似乎不大佳，前引乙酉年作一首可見。辛巳年答葉瞻山掌道書後有《元宵邸中》四首，其二云：

「回憶來官日，陵京不可支。年荒催竊發，冬暮滿流移。列衛寒求纊，團營饑索炊。拮据兼晝夜，寢食幾曾知。」

如以詩論不能說好，今只取其中間有意思有本事。據書中下半云：

「十五日抽籤後因借司寇銀又趨上元縣。一病痢委頓之人，獨坐一下濕上漏八面受風無人形影之空堂，候至漏下始兌銀，二鼓仍收庫，回寓不及門則暴下幾絕，實不知宵之為節而節之為佳也。」此即是「上元日坐上元縣」的故事，節既不佳，則詩之不能佳可無怪矣。

廿五年三月十九日，在北平。

【附記】

近日在市上又搜得雜著二種，一為《涉志》一卷，前有會稽沈存德序，起乙卯（萬曆四十三年）仲春，訖戊午季冬。記南北行旅頗有情致，蓋二十三至二十六歲時事也。一為《王湘客詩卷》二卷，錄五七言律詩各百首，續一卷，五六七言絕句百首。

《續詩卷》中有《苦雨》十首，今錄其二三四章云：

「帡幪得意新，拂試明精舍，乃我照盆看，其顏色都夜。失日驚通國，雙眸視未能，不教欺暗室，白晝欲燃燈。廡下客衾單，簷前聽急雨，無聊怯溜喧，復怪雞聲苦。」詩仍不見得好，不過自有其特色，故舉此以見一斑耳。

四月三日又記。

第三卷　世情書

蒿菴閒話

對於蒿菴張爾岐的筆記，我本來不會有多大期待，因為我知道他是嚴肅的正統派人。但是我卻買了這兩卷閒話來看，為什麼呢？近來我想看看清初人的筆記，並不能花了財與力去大收羅，只是碰著可以到手的總找來一看，《蒿菴閒話》也就歸入這一類裡去了。

這是嘉慶時的重刻本，卷末蔣因培的附記中有云：

「此書自敘謂無關經學不切世務，故命為閒話，然書中教人以說閒話看閒書管閒事為當戒，先生邃於經學，達於世務，凡所札記皆多精義，固非閒話之比。」據我看來，這的確不是閒話，因為裡邊很有些大道理。如卷一有一則上半云：

「明初學者宗尚程朱，文章質實，名儒碩輔，往往輩出，國治民風號為近古。自良知之說起，人於程朱始敢為異論，或以異教之言詮解六經，於是議論日新，文章日麗，浸淫至天啟崇禎之間，鄉塾有讀《集注》者傳以為笑，《大全》《性理》諸書束之高閣，或至不蓄其本。庚辰以後，文章猥雜最甚，能綴砌古字經語猶為上駟，俚辭諺語，頌聖祝壽，喧囂滿紙，聖賢微言幾掃地盡，而甲申之變至矣。」下文又申明之曰：

「追究其始，菲薄程朱之一念實漸致之。」《鈍吟雜錄》卷二家戒下斥李卓吾處何義門批註云：

「吾嘗謂既生一李卓吾，即宜一牛金星繼其後矣。」二公語大妙，蓋以為明末流寇乃應文運而生，此正可代表中國正統的文學批評家之一派也。

但是蒿菴也有些話說得頗好，卷一有一則云：

「韓文公《送文暢序》有儒名墨行墨名儒行之語，蓋以學佛者為墨，亦據其普度之說而以此名歸之。今觀其學，止是攝煉精神，使之不滅，方將棄倫常割恩愛，以求證悟，而謂之兼愛可乎。又其《送文暢北遊》詩，大以富貴相誇誘，至云酒場舞閨姝，獵騎圍邊月，與世俗惑溺人何異。《送高閒序》為旭有道一段，亦以利害必明無遺錙銖情炎於中利欲鬥進為勝於一死生解外膠，皆不類儒者。竊計文暢輩亦只是抽豐詩僧，不然必心輕之矣。」

那樣推尊程朱，對於韓文公卻不很客氣，這是我所覺得很有興趣的事。

前兩天有朋友談及，韓退之在中國確也有他的好處，唐朝崇奉佛教的確鬧得太利害了，他的闢佛正是一種對症藥方，我們不能用現今的眼光去看，他的《原道》又是那時的中國本位文化的宣言，不失為有意義的事，因為據那位朋友的意思，印度思想在中國乃是有損無益的，所以不希望他發達，雖然在文學與思想的解放運動上這也不無用處。

他這意見我覺得也是對的，不過不知怎的我總不喜歡韓退之與其思想文章。第一，我怕見小頭目。俗語云，大王好見，小鬼難當。我不很怕那大教祖，如孔子與耶穌總比孟子與保羅要好親近一點，而韓退之又是自稱是傳孟子的道統的，愈往後傳便自然氣象愈小而架子愈大，這是很難當的事情。

第二，我對於文人向來用兩種看法，純粹的藝術家，立身謹重而文章放蕩固然很好，若是立身也有點放蕩，亦以為無甚妨礙，至於以教訓為事的權威們我覺得必須先檢查其言行，假如這裡有了問題，那麼其紙糊冠也就戴不成了。

中國正統道學家都依附程朱，但是正統文人雖亦標榜道學而所依附的卻是韓愈，他們有些還不滿意程朱，以為有義理而無文章，如桐城派的人所說。因為這個緣故，我對於韓退之便不免要特別加以調驗，看看這位大師究竟是否有此資格，不幸看出好些漏洞來，很丟了這權威的體面。古人也有講到的，已經抄過了四五次，這回看見蒿菴別一方面的話，覺得也還可取，所以又把他抄下來了。

蒿菴自己雖然是儒者，對於「異端」的態度還不算很壞。

卷一記利瑪竇事云：

「要之曆象器算是其所長，君子固當節取，若論道術吾自守家法可耳。」

卷二論為學云：

「雜家及二氏，藥餌也，投之有沉痾者立見起色，然過劑則轉生他病或致殺人。」

又有一則云：

「與僧凡夫語次及避亂事，曰，亂固須避，然不可遂失常度，命之所在巧拙莫移，若只思苟免，不顧理義，平生學問何在。又余怒一人，僧移書曰，學者遇不如意事，現前便須為判曲直，處分了即放開心胸，令如青天白日，若事過時移尚自煎縈，此是自生苦惱也。」

此僧固佳，但蒿菴能容受，如上節所云，「自恨弱植，得良友一言，耳目加瑩，血氣加王」，自亦難得。我與凡教徒都是隔教，但是從別一方面說也可以說都有點接近，只是到了相當的距離就有一種間隔，不能全部相合或相反也。何燕泉本陶集中引《廬阜雜記》云：

「遠師結白蓮社，以書招淵明。陶曰，弟子嗜酒，若許飲即往矣。遠許之，遂造焉。因勉令入社，陶攢眉而去。」

這件事真假不可知，我讀了卻很喜歡，覺得甚能寫出陶公的神氣，而且也是一種很好的態度，我希望能夠學到一點，可是實在易似難，太史公曰，雖不能至，心嚮往之矣。

《閒話》卷一有一則說《詩經》的小文，也很有意思，文云：

「《女曰雞鳴》第二章，琴瑟在御，莫不靜好，此詩人擬想點綴之辭，若作女子口中語似覺少味。蓋詩人一面敘述，一面點綴，大類後世弦索曲子，三百篇中述語敘景，錯雜成文，如此類者甚多，《溱洧》及《雞鳴》皆是也。溱與溱亦旁人述所聞所見演而成章，說家泥《傳》淫奔者自敘之辭一語，不知女曰士曰等字如何安頓。」

近世說《詩》唯姚首源及郝蘭皋夫婦頗有思致，關於《女曰雞鳴》亦均未想到，蒿菴所說算是最好了。

關於《溱洧》，姚氏云：

「序謂淫詩，此刺淫詩也，篇中士女字甚多，非士與女所自作明矣。」

郝氏則云：

「序云，刺亂也。瑞玉曰，鄭國之俗，三月上巳修禊溱洧之濱，士女遊觀，折華相贈，自擇昏姻，詩人述其謠俗爾。」

王夫人所說新鬬而實平妥，勝於姚君，詩人述其謠俗與旁人述所聞所見演而成章大意相同，而蒿菴復以弦索曲子比三百篇，則說得更妙，《閒話》二卷中此小文當推壓卷之作了。我舉上邊評韓退之語，或尚不免略有意氣存在，若此番的話大約可以說是大公無私了罷。

廿五年三月廿八日於北平。

鴉片事略

查舊日記第二冊，在戊戌（一八九八）十二月十三日下有一項記事云：

「至試前，購《思痛記》二卷，江寧李圭小池撰，洋一角。」

小池於咸豐庚申被擄，在長毛中凡三十二月，此書即記其事，根據耳聞目睹，甚可憑信，讀之令人驚駭，此世間難得的鮮血之書也。我讀了這書大約印象甚深，至民國十九年八月拿出來看，在卷頭題字數行云：

「中國民族似有嗜殺性，近三百年張李洪楊以至義和拳諸事即其明徵，書冊所紀錄百不及一二，至今讀之猶令人悚然。今日重翻此記，益深此感。嗚呼，後之視今亦猶今之視昔乎。」

李小池後來做了外交官，到過西洋，著有遊記等書，我未得見。孫彥清

《寄龕丙志》卷四云：

「近閱李小池圭《遊覽隨筆》，載強水棉花，云以強水煉成，有乾濕兩種，乾者得火即發，濕者置火中可以二刻不燃，以電線發之，方三寸，厚寸許，重不過二兩者，百步外能震巨石成齏粉。」所記蓋是棉花火藥歟。

又所著有《鴉片事略》，近日在北平市上獲得一部，其價卻比《思痛記》要高了三十倍了。書凡兩卷，光緒二十一年（一八九五）刻，後於《思痛記》十五年，板式卻是一樣，很覺得可喜。卷首說明著書的宗旨云：

「鴉片為中國漏卮，為百姓鴆毒，固盡人知之，而其於郡縣流行之本末，禁令弛張之互用，與夫英人以售鴉片而興戎乞撫，又以惡鴉片而設會勸禁，三百年來之事，則未必盡人知之。用就見聞所及，或采自他書，或錄諸郵報，薈萃成此，附以外國往來文牘，曰『鴉片事略』。」

由此可知這是鴉片文獻的重要資料，北平圖書館之有翻印本也可以作證，我所留意的卻不全在此，只是想看看中國人對於鴉片的態度，其次是稍找民俗的資料而已。這種材料在道光十八年湖廣總督林則徐奏中找得一點，乃是關於煙具的：

「查吸煙之竹杆謂之槍，其槍頭裝煙點火之具又須細泥燒成，名曰煙斗。凡新槍新斗皆不適口，且難過癮，必其素所慣用之具，有煙油積乎其中者，愈久而愈寶之。此外零星器具不一而足，然尚可以他具代之，唯槍斗均難替代，而斗比槍尤不可離。」

又云：

「如煙槍固多用竹，亦間有削木為之，大抵皆煙袋鋪所製，其槍頭則裹以金銀銅錫，槍口亦飾以金玉角牙，又聞閩粵間又有一種甘蔗槍，漆而飾之，尤為若輩所重。其煙斗自廣東製者以洋磁為上，在內地製者以宜興為寶。恐其屢燒易裂也，則亦包以金銀，而發藍點翠，各極其工。恐其屢吸易塞也，則又通以鐵條，而矛戟錐刀，不一其狀。」

在奏摺中本來不易詳敘，卻也已寫得不少，很是難得，所云甘蔗槍在小時候曾經看見過，煙斗與煙籤子也有種種花樣，這倒都是中國的自己創造。《鴉片事略》卷上記罌粟花云：

「產土耳基波斯多白花白子，產印度者兩種，一亦白花白子，一紅花黑子，平原所植俱白花，出喜馬拉山俱紅花。法國人以其子榨油，香美，頗好之，英人亦用其漿為藥材。印人則取乾塊為餅，嚼食款客，南洋諸島有生食者，俾路芝以西各部酋皆酷嗜之，亦生食也。明末蘇門答臘人變生食為吸食，其法先取漿蒸熟，濾去渣滓復煮，和煙草末為丸，置竹管就火吸食。」

又云：

「康熙二十三年海禁弛，南洋鴉片列入藥材，每斤徵稅銀三分。其時沿海居民得南洋吸食法而益精思之，煮土成膏，鑲竹為管，就燈吸食其煙。不數年流行各省，甚至開館賣煙。」

我曾聽說鴉片煙的那種吸食法是中國所發明，現在已得到文獻的證明了，煙具的美術工藝雖然是在附屬的地位，但是其成績卻亦大有可觀也。

中國人對於鴉片煙的態度是怎樣呢？人民似乎是非吃不可，官廳則時而不許吃時而許吃，即所謂禁令張弛之互用也。雍正中的辦法是：

「興販鴉片煙者，照收買違禁貨物例，枷號一月，發近邊充軍。私開鴉片煙館引誘良家子弟者，照邪教惑眾律，擬絞監候。」吸食者沒有關係。

嘉慶中改正如下：「開館者議絞，販賣者充軍，吸食者杖徒。」

道光中議嚴禁，十九年五月定有章程三十九條，中云：

「開設煙館首犯擬絞立決。」

「一吸煙人犯均予限一年六個月，限滿不知悛改，無論官民概擬絞監候。」

「一製賣鴉片煙具者照造賣賭具例分別治罪。」

三年後江寧條約簽字，香港割讓，五口通商，煙禁復弛，至於戊戌。

《事略》卷末論禁煙之前途云：

「今日印度即不欲禁，風會所至，非人力能強，必有禁之之日，禁之又必自易罌粟而植茶始。中國土煙既收稅釐，是禁種罌粟之令大弛，民間種植必因之漸廣，或至盡易茶而植罌粟，數十年後中國或無植茶地，印度則廣植之，中國無茶以運外洋，印度亦無鴉片以至中國，漏卮塞矣，利源涸矣，而民間嗜食者亦必猶淡巴菰之人人習為固常，則亦不禁之禁，弛而不弛矣。」

這一節文章我讀了好幾遍，不能完全明白他的意思，似諷刺，似慨歎，總之含有不少的幽默味，而亦很合於事實，又不可不謂有先見之明也。

現今鴉片已不稱洋藥而曰土藥，在店吸食則云試藥，早已與淡巴菰同成為國貨矣，中國自種罌粟而印度亦自有茶，正如所言，然則鴉片煙之在中國恐當以此刻現在為理想的止境歟。

一八七五年倫敦勸禁鴉片會稟請議院設法漸令印度減植罌粟，議院以四端批覆，其首二條云：

「鴉片為東方人性情所好，日所必需，一也。華人自甘吸食，與英何尤，二也。」

道光十六年太常寺少卿許乃濟上言請弛鴉片之禁，中有云：

「究之食鴉片者率皆浮惰無志不足輕重之輩。」

這些話都似乎說得有點偏宕，實在卻似能說出真情，至少在我個人看去是如此。去年四月裡寫了一篇《關於命運》，末後有一節話是談這個問題的，我說：

「第一，中國人大約特別有一種麻醉享受性，即俗云嗜好。第二，中國人富的閒得無聊，窮的苦得不堪，以麻醉消遣。有友好之勸酬，有販賣之便利，以麻醉玩耍。衛生不良，多生病痛，醫藥不備，無法治療，以麻醉救急。如是乃上癮，法寬則蔓延，法嚴則駢誅矣。此事為外國或別的殖民地所無，正以此種癖性與環境亦非別處所有耳。我說麻醉享受性，殊有杜撰生造之嫌，此正亦難免，但非全無根據，如古來的念咒畫符、讀經惜字、唱皮黃、做八股、叫口號、貼標語皆是也，或以意，或以字畫，或以聲音，均是自己麻醉，而以藥劑則是他力麻醉耳。」

我寫此文時大受性急朋友的罵，可是仔細考察亦仍無以易吾說，即使我為息事寧人計，刪除口號標語二項，其關於鴉片的說法還是可以存在也。至於許君所說，不佞亦有相同的意見，不過以前只與友人談談而已，不曾發表過。

但是，這裡也有不同的地方。許君只說煙民都是浮惰無志不足輕重之輩，所以大可任其糊裡糊塗的麻醉到死，社會的事由不吃鴉片的人去做，只消多分擔一點子也就可以過去了。若照我的看法，麻醉的範圍推廣了，準煙民的數目未免太多，簡直就沒有辦法。對於真煙民向來一直沒有法子，何況又加上準煙民乎，我想大約也只好任其過癮。

寫到這裡乃知李小池真有見識，我讀其《思痛記》將四十年猶不曾忘，今讀《鴉片事略》，其將使我再記憶他四十年乎。

廿五年四月九日，北平。

【附記】

上文寫了不久就在《實報》上看見王柱宇先生的兩篇文章，都很有價值，十一日的一篇是談煙具的，有許多事情我都不知道，十日的文章題為「土藥店一瞥」，記北平櫻桃斜街的鴉片煙店情形，更是貴重的資料。今抄錄一部分於下：

「我向櫃上說了聲，掌櫃辛苦。他說，你買什麼？我說，借問一聲，我買煙買土，沒有登記的執照，可以嗎？他說，有錢就賣貨，不要執照，因為從我們這裡買去的煙或是土，紙包上都貼有官發的印花，印花上邊印著一條蛇一隻虎，紙的四角印有毒蛇猛虎四字，這種意思便表示是官貨，不是私售。」後來掌櫃的又說，「你如果願意在這裡抽，裡邊有房間，每份起碼兩角。」

此即報上所記的「試藥」，吾鄉俗語謂之開煙盤者是也。王先生記其情景云：

「樓上樓下約莫有五六間房，和旅館相彷彿。我在各房看了一遍，每房之中有兩炕的，有三炕的。一炕之上擺著兩個枕頭，每個枕頭算是一號買賣。這種情形又和澡堂裡的雅座一樣。不過，枕頭雖白，臥單卻是藍色的。」

我真要感謝作者告訴我們許多事情，特別使我不能忘記的是那毒蛇猛虎的印花，很想得他一張來，這恐怕非花二元四角去買一兩綏遠貨不可吧。代價是值得的，只是這一兩土無法處置，所以有點為難。

四月十二日又記。

【補記】

從來薰閣得李小池著《環遊地球新錄》四卷，蓋光緒丙子（一八七六）往美國費里地費城參觀博覽會時的紀錄，計美會紀略一卷，遊覽隨筆二卷，東行日記一卷。自序稱嘗承乏浙海關案牘十有餘年，得德君（案稅務司德璀琳）相知之雅，非尋常比，於是薦由赫公（案總稅務司赫德）派赴會所。查《思痛記》陷洪軍中共三十二月，至壬戌（一八六二）秋始得脫，大約此後即在海關辦事，《思痛記》刊於光緒六年，則還在《新錄》出版二年後了。

上文所引強水棉花見於遊覽隨筆下英國倫敦京城篇中，蓋記在塢裡治軍器局所見也。篇中又講到太吾士新報館，紀載頗詳，結論云：

「竊觀西人設新報館，欲盡知天下事也。人必知天下事，而後乃能處天下事，是報館之設誠未可曰無益，而其益則尤非淺鮮。」

李君思想通達，其推重報紙蓋比黃公度為更早，但是後來世間專尚宣傳，結果至於多看報愈不知天下事，則非先哲所能料及者矣。東行日記五月初一日在橫濱所記有云：

「洋行大小數十家，各貨山積，進口多洋貨，出口多銅漆器茶葉古玩，而販運洋藥商人如在中華之沙遜洋行者（原注，沙遜英國巨商，專販洋藥）無有也。蓋日本煙禁極嚴，食者立治重法，國人皆不敢犯禁，雖是齊之以刑，亦可見法一而民從。惜我中華不知何時乃能熄此毒焰。」亦慨乎其言之。

五月四日加記。

梅花草堂筆談等

前居紹興時，家中有張大復的《梅花草堂筆談》四五本，大約缺其十分之二，軟體字竹紙印，看了很可喜，所以小時候常拿出來看，雖然內容並不十分中意。移家來北京的時候不知怎地遺失了，以後想買總不容易遇見，而且價目也頗貴，日前看舊書店的目錄，不是百元也要六七十。這回中國文學珍本叢書本的《筆談》出版，普及本只需四角五分，我得到一本來看，總算得見全本了，也不記得那幾卷是不曾看過的，約略翻閱一遍，就覺得也可以滿足了。

珍本叢書出版之前，我接到施蟄存先生的來信，說在主編此書，並以目錄見示，我覺得這個意思很好，加上了一個贊助的名義，實在卻沒有盡一點責，就是我的一部《謔菴文飯小品》也並不曾貢獻出去。目錄中有些書我以為可以緩印的，如《西青散記》，《華陽散稿》，《柳亭詩話》等，因為原書都不大難得，不過我只同施先生說及罷了，書店方面多已編好付印，來不及更改了。但是在別一方面也有好些書很值得重印，特別是晚明文人的著作，在清朝十九都是禁書，如三袁、鍾譚、陳繼儒、張大復、李卓吾等均是。

袁小修的《遊居柿錄》我所有的缺少兩卷，《焚書》和鍾譚集都只是借了來看過，如今有了翻印本，足以備檢閱之用。句讀校對難免多錯，但我說備檢閱之用，這也只好算了，因為排印本原來不能為典據，五號字密排長行，紙滑墨浮，蹙頞疾視，殊少讀書之樂，這不過是石印小冊子之流，如查得資料，可以再去翻原書，固不能即照抄引用也。所收各本精粗不一，但總沒有偽造本，亦尚可取，《雜事秘辛》雖偽造還可算作楊升菴的文章，若是現今胡亂改竄的那自然更不足道了。

翻印這一類的書也許有人不很贊成，以為這都沒有什麼文藝或思想上的價值，讀了無益。這話說得有點兒對，也不算全對。明朝的文藝與思想本來沒有多大的發展，思想上只有王學一派，文藝上是小說一路，略有些創造，卻都在正統路線以外，所以在學宗程朱文宗唐宋的正宗派看來毫無足取，正是當然的事。

但是假如我們覺得不必一定那麼正宗，對於上述二者自當加以相當注意，而這思想與文藝的旁門互相溷合便成為晚明文壇的一種空氣，自李卓吾以至金聖歎，以及桐城派所罵的吳越間遺老，雖然面貌不盡相似，走的卻是同樣路道。那麼晚明的這些作品也正是很重要的文獻，不過都是旁門而非正統的，但我的偏見以為思想與文藝上的旁門往往要比正統更有意思，因為更有勇氣與生命。

孔子的思想有些我也是喜歡的，卻不幸被奉為正統，大被歪曲了，愈被尊愈不成樣子，我真覺得孔子的朋友殆將絕跡，恐怕非由我們一二知道他的起來糾正不可，或者《論語》衍義之作也是必要的吧。這是閒話，暫且按下不表，卻說李卓吾以下的文集，我以為也大值得一看，不但是禁書難得，實在也表示明朝文學的一種特色，裡邊包含著一個新文學運動，與現今的文學也還不是水米無干者也。

現在提起公安竟陵派的文學，大抵只看見兩種態度，不是鄙夷不屑便是痛罵。這其實是古已有之的，我們最習見的有《靜志居詩話》與《四庫書目提要》，朱竹垞的「叢訶攢罵」是有名的了，紀曉嵐其實也並未十分糊塗，在節抄《帝京景物略》的小引裡可以看出他還是有知識的人。今人學舌已可不必，有些人連公安竟陵的作品未曾見過也來跟著吶喊，怕這亡國之音會斷送中原，其意可嘉，其事總不免可笑，現在得書甚易，一讀之後再用自己的智力來批評，這結果一定要好一點了。

我以為讀公安竟陵的書首先要明瞭他們運動的意義，其次是考查成績如何，最後才用了高的標準來鑒定其藝術的價值。我可以代他們說明，這末一層大概不會有很好的分數的，其原因蓋有二。

一，在明末思想的新分子不出佛老，文字還只有古文體，革命的理論可以說得很充分，事實上改革不到那裡去。我覺得蘇東坡也盡有這才情，好些題跋尺牘在公安派中都是好作品，他只是缺少理論，偶然放手寫得這些小文，其用心的大作仍是被選入八家的那一部分，此其不同也。反過來說，即是公安作品可以與東坡媲美，更有明確的文學觀耳，就是他們自己也本不望超越白蘇也。

二，後人受唐宋文章的訓練太深，就是新知識階級也難免以八家為標準，來看公安竟陵就覺得種種不合式。我常這樣想，假如一個人不是厭惡韓退之的古文的，對於公安等文大抵不會滿意，即使不表示厭惡。我覺得公安竟陵的詩都不大好，或者因為我本不懂詩之故亦未可知，其散文頗多佳作，說理的我喜其理多正確，文未必佳，至於敘景或兼抒情的小文則是其擅長，袁中郎劉同人的小記均非人所有也。

不過這只是個人的妄見，其不能蒙大雅之印可正是當然，故晚明新文學運動的成績不易得承認，而其旁門的地位亦終難改正，這件事本無甚關係，茲不過說明其事實如此而已。

吾鄉陶筠廠就《隱秀軒集》選錄詩文百五十首，為《鍾伯敬集鈔》，小引中載其詠鍾譚的一首七言拗體，首四句云：

「天下不敢唾王李，鍾譚便是不猶人，甘心陷為輕薄子，大膽剝盡老頭巾。」

後又評伯敬的文章云：

「至若袁不為鍾所襲，而鍾之雋永似遜於袁，鍾不為譚所襲，而譚之簡老稍勝於鍾，要皆不足為鍾病，鍾亦不以之自病也。」陶君的見解甚是，我曾引申之云：

「甘心云云十四字說盡鍾譚，也說盡三袁以及其他一切文學革命者的精神，褒貶是非亦悉具足了。向太歲頭上動土，既有此大膽，因流弊而落於淺率幽晦，亦所甘心，此真革命家的態度，朱竹垞輩不能領解，叢訶攢罵正無足怪也。」

現在的白話文學好像是已經成立了，其實是根基仍不穩固，隨處都與正統派相對立，我們閱公安竟陵的遺跡自不禁更多感觸，不當僅作平常文集看，陶君的評語也正是極好的格言，不但是參與其事者所應服膺，即讀者或看客亦宜知此，庶幾對於凡此同類的運動不至誤解耳。

翻印晚明的文集原是一件好事，但流弊自然也是有的。本來萬事都有流弊，食色且然，而且如上文所說，這些指責亦當甘受，不過有些太是違反本意的，也就該加以說明。我想這最重大的是假風雅之流行。這裡須得回過去說《梅花草堂筆談》了。我贊成《筆談》的翻印，但是這與公安竟陵的不同，只因為是難得罷了，他的文學思想還是李北地一派，其小品之漂亮者亦是山人氣味耳。

明末清初的文人有好些都是我所不喜歡的，如王穉登吳從先張心來王丹麓輩，蓋因其為山人之流也，李笠翁亦是山人而有他的見地，文亦有特色，故我尚喜歡，與傅青主金聖歎等視。若張大復殆只可奉屈坐於王稚登之次，我在數年前偶談中國新文學的源流，有批評家賜教謂應列入張君，不佞亦前見《筆談》殘本，憑二十年前的記憶不敢以為是，今復閱全書亦仍如此想。

世間讀者不甚知此種區別，出版者又或誇多爭勝，不加別擇，勢必將《檀几叢書》之類亦重複抄印而後止，出現一新鴛鴦蝴蝶派的局面，此固無關於世道人心，總之也是很無聊的事吧。如張心來的《幽夢影》，本亦無妨一讀，但總不可以當飯吃，大抵只是瓜子耳，今乃欲以瓜子為飯，而且許多又不知是何瓜之子，其吃壞肚皮宜矣。所謂假風雅即指此類山人派的筆墨，而又是低級者，故謂之假，其實即是非假者亦不宜多吃，蓋風雅或文學都不是糧食也。

廿五年四月十一日，於北平。

讀戒律

我讀佛經最初還是在三十多年前。查在南京水師學堂時的舊日記，光緒甲辰（一九〇四）十一月下有云：

「初九日，下午自城南歸經延齡巷，購經二卷，黃昏回堂。」又云：

「十八日，往城南購書，又《西方接引圖》四尺一紙。」

「十九日，看《起信論》，又《纂注》十四頁。」

這頭一次所買的佛經，我記得一種是《楞嚴經》，一種是《諸佛要集經》與《投身飼餓虎經》等三經同卷。第二次再到金陵刻經處請示教示，據云頂好修淨土宗，而以讀《起信論》為入手，那時所買的大抵便是論及註疏，一大張的圖或者即是對於西土嚮往。可是我看了《起信論》不大好懂，淨土宗又不怎麼喜歡，雖然他的意思我是覺得可以懂的。

民國十年在北京自春至秋病了大半年，又買佛經來看了消遣，這回所看的都是些小乘經，隨後是大乘律。我讀《梵網經》菩薩戒本及其他，很受感動，特別是賢首《疏》，是我所最喜讀的書。卷三在盜戒下注云：

「《善見》云，盜空中鳥，左翅至右翅，尾至顛，上下亦爾，俱得重罪。准此戒，縱無主，鳥身自為主，盜皆重也。」我在七月十四日的《山中雜信》四中云：

「鳥身自為主，這句話的精神何等博大深厚，然而又豈是那些提鳥籠的朋友所能瞭解的呢？」又舉食肉戒云：

「若佛子故食肉，——一切生肉不得食：夫食肉者斷大慈悲佛性種子，一切眾生見而捨去。是故一切菩薩不得食一切眾生肉，食肉得無量罪。——若故食者，犯輕垢罪。」在《吃菜》小文中我曾說道：

「我讀《舊約・利未記》，再看大小乘律，覺得其中所說的話要合理得多，而上邊食肉戒的措辭我尤為喜歡，實在明智通達，古今莫及。」

這是民國二十年冬天所寫，與《山中雜信》相距已有十年，這個意見蓋一直沒有變更，不過這中間又讀了些小乘律，所以對於佛教的戒律更感到興趣與佩服。

小乘律的重要各部差不多都已重刻了，在各經典流通處也有發售，但是書目中在這一部門的前面必定注著一行小字云「在家人勿看」，我覺得不好意思開口去問，並不是怕自己碰釘子，只覺得顯明地要人家違反規條是一件失禮的事。末了想到一個方法，我就去找梁漱溟先生，託他替我設法去買，不久果然送來了一部《四分律藏》，共有二十本。

可是後來梁先生離開北京了，我於是再去託徐森玉先生，陸續又買到了好些，我自己也在廠甸收集了一點，如《薩婆多部毗尼摩得勒伽》十卷，《大比丘三千威儀》二卷，均明末刊本，就是這樣得來的。

《書信》中「與俞平伯君書三十五通」之十五云：

「前日為二女士寫字寫壞了，昨下午趕往琉璃廠買六吉宣賠寫，順便一看書攤，買得一部《薩婆多部毗尼摩得勒伽》，共二冊十卷，係崇偵十六年八月所刻，此書名據說可詳為《一切育部律論》，其中所論有極妙者，如卷六有一節云：云何廁？比丘人廁時，先彈指作相，使內人覺知，當正念入，好攝衣，好正當中安身，欲出者令出，不肯者勿強出。古人之質樸處蓋至可愛也。」

時為十九年二月八日，即是買書的第二天。

其實此外好的文章尚多，如同卷中說類似的事云：

「云何下風？下風出時不得作聲。」

「云何小便？比丘不得處處小便，應在一處作坑。」

「云何唾？唾不得作聲。不得在上座前唾。不得唾淨地。不得在食前唾，若不可忍，起避去，莫令餘人得惱。」

這莫令餘人得惱一句話我最喜歡，佛教的一種偉大精神的發露，正是中國的恕道也。又有關於齒木的：

「云何齒木？齒木不得太大太小，不得太長太短，上者十二指，下者六指。不得上座前嚼齒木。有三事應屏處，謂大小便嚼齒木。不得在淨處樹下牆邊嚼齒木。」

《大比丘三千威儀》捲上云：

「用楊枝有五事。一者，斷當如度。二者，破當如法。三者，嚼頭不得過三分。四者，疏齒當中三齧。五者，當汁澡目用。」

金聖歎作施耐庵《水濟傳序》中云：

「朝日初出，蒼蒼涼涼，澡頭面，裹巾幘，進盤飱，嚼楊木。」即從此出，唯義淨很反對楊枝之說，在《南海寄歸內法傳》卷一朝嚼齒木項下云：

「豈容不識齒木，名作楊枝。西國柳樹全稀，譯者輒傳斯號，佛齒木樹實非楊柳，那爛陀寺目今親觀，既不取信於他，聞者亦無勞致惑。」

淨師之言自必無誤，大抵如周松靄在《佛爾雅》卷五所云「此方無竭陀羅木，多用楊枝」，譯者遂如此稱，雖稍失真，尚取其通俗耳。至今日本俗語猶稱牙刷曰楊枝，牙籤曰小楊枝，中國則僧俗皆不用此，故其名稱在世間也早已不傳了。

《摩得勒伽》為宋僧伽跋摩譯，《三千威儀》題後漢安世高譯，僧佑則云失譯人名，但總之是六朝以前的文字罷。卷下有至舍後二十五事亦關於登廁者，文繁不能備錄，但如十一不得大咽使面赤，十六不得草畫地，十八不得待草畫壁作字，都說得很有意思，今抄簡短者數則：

「買肉有五事。一者，設見肉完未斷，不應便買。二者，人已斷餘乃應買。三者，設見肉少，不得盡買。四者，若肉少不得妄增錢取。五者，設肉已盡，不得言當多買。」

「教人破薪有五事。一者，莫當道。二者，先視斧柄令堅。三者，不得使破有青草薪。四者，不得妄破塔材。五者，積著燥處。」我在《入廁讀書》文中曾說：

「偶讀大小乘戒律，覺得印度先賢十分周密地注意於人生各方面，非常佩服。即以入廁一事而論，《三千威儀》下列舉至舍後者有二十五事，《摩得勒伽》六自云何下風至云何籌草凡十三條，《南海寄歸內法傳》二有第十八便利之事一章，都有詳細的規定，有的是很嚴肅而幽默，讀了忍不住五體投地。」

我又在《談龍集》裡講到阿剌伯奈夫札威上人的《香園》與印度殼科加師的《欲樂秘旨》，照中國古語說都是房中術的書，卻又是很止經的，「他在開始說不雅馴的話之先，恭恭敬敬地要禱告一番，叫大悲大慈的神加恩於他，這的確是明朗樸實的古典精神，很是可愛的。」

自兩便以至劈柴買肉（小乘律是不戒食肉的），一方面關於性交的事，這雖然屬於佛教外的人所做，都說的那麼委曲詳盡，又合於人情物理，這真是難得可貴的事。中國便很缺少這種精神，到了現在我們同胞恐怕是世間最不知禮的人之一種，雖然滿口仁義禮智，不必問他心裡如何，只看日常舉動很少顧慮到人情物理，就可以知道了。

查古書裡卻也曾有過很好的例，如《禮記》裡的兩篇《曲禮》，有好些話都可以與戒律相比。凡為長者糞之禮一節，凡進食之禮一節，都很有意思。中云：「毋摶飯，毋放飯，毋流歠，毋咤食，毋嚙骨，毋反魚肉，毋投與狗骨。」這用意差不多全是為得「莫令余人得惱」，故為可取。僧祇律云：

「不得大，不得小，如淫女兩粒三粒而食，當可口食。」又是很有趣的別一說法，正可互相補足也。居喪之禮一節也很好，下文有云：

「鄰有喪，舂不相，里有殯，不巷歌。適墓不歌，哭日不歌。送喪不由徑，送葬不辟塗潦。」讀這些文章，深覺得古人的神經之纖細與感情之深厚視今人有過之無不及，《論語》卷四記孔子的事云：

「子食於有喪者之側，未嘗飽也。子於是日哭則不歌。」實在也無非是上文的實行罷了。

從別一方面發明此意者有陶淵明，在《輓歌詩》第三制中云：

「向來相送人，各自還其家，親戚或餘悲，他人亦已歌。」此並非單是曠達語，實乃善言世情，所謂亦已歌者即是哭日不歌的另一說法，蓋送葬回去過了一二日，歌正亦已無妨了。

陶公此語與「日暮狐狸眠塚上，夜闌兒女笑燈前」的感情不大相同，他似沒有什麼對於人家的不滿意，只是平實地說這一種情形，是自然的人情，卻也稍感寥寂，此是其佳處也。

我讀陶詩而懂得禮意，又牽連到小乘律上頭去，大有纏夾之意，其實我只表示很愛這一流的思想，不論古今中印，都一樣地隨喜禮讚也。

民國廿五年四月十四日，於北平苦茶庵。

北平的春天

北平的春天似乎已經開始了，雖然我還不大覺得。立春已過了十天，現在是七九六十三的起頭了，布衲攤在兩肩，窮人該有欣欣向榮之意。光緒甲辰即一九〇四年小除那時我在江南水師學堂曾作一詩云：

「一年倏就除，風物何淒緊。百歲良悠悠，白日催人盡。既不為大椿，便應如朝菌。一死息群生，何處問靈蠢。」

但是第二天除夕我又做了這樣一首云：

「東風三月煙花好，涼意千山雲樹幽，
冬最無情今歸去，明朝又得及春遊。」

這詩是一樣的不成東西，不過可以表示我總是很愛春天的。春天有什麼好呢，要講他的力量及其道德的意義，最好去查盲詩人愛羅先珂的抒情詩的演說，那篇世界語原稿是由我筆錄，譯本也是我寫的，所以約略都還記得，但是這裡謄錄自然也更可不必了。春天的是官能的美，是要去直接領略的，關門歌頌一無是處，所以這裡抽象的話暫且割愛。

且說我自己的關於春的經驗，都是與遊有相關的。古人雖說以鳥鳴春，但我覺得還是在別方面更感到春的印象，即是水與花木。迂闊的說一句，或者這正是活物的根本的緣故罷。

小時候，在春天總有些出遊的機會，掃墓與香市是主要的兩件事，而通行只有水路，所在又多是山上野外，那麼這水與花木自然就不會缺少的。

香市是公眾的行事，禹廟南鎮香爐峰為其代表，掃墓是私家的，會稽的烏石頭調馬場等地方至今在我的記憶中還是一種代表的春景。庚子年三月十六日的日記云：

「晨坐船出東郭門，挽纖行十里，至繞門山，今稱東湖，為陶心雲先生所創修，堤計長二百丈，皆植千葉桃垂柳及女貞子各樹，遊人頗多。又三十里至富盛埠，乘兜轎過市行三里許，越嶺，約千餘級。山上映山紅牛郎花甚多，又有蕉藤數株，著花蔚藍色，狀如豆花，結實即刀豆也，可入藥。路旁皆竹林，竹萌之出土者粗於碗口而長僅二三寸，頗為可觀。

「忽聞有聲如雞鳴，閣閣然，山谷皆響，問之轎夫，云係雉雞叫也。又二里許過一溪，闊數丈，水沒及骭，舁者亂流而渡，水中圓石顆顆，大如鵝卵，整潔可喜。行一二里至墓所，松柏夾道，頗稱閎壯。方祭時，小雨簌簌落衣袂間，幸即晴霽。下山午餐，下午開船。將進城門，忽天色如墨，雷電並作，大雨傾注，至家不息。」

舊事重提，本來沒有多大意思，這裡只是舉個例子，說明我春遊的觀念而已。我們本是水鄉的居民，平常對於水不覺得怎麼新奇，要去臨流賞玩一番，可是生平與水太相習了，自有一種情分，彷彿覺得生活的美與悅樂之背景裡都有水在，由水而生的草木次之，禽蟲又次之。我非不喜禽蟲，但他總離不了草木，不但是吃食，也實是必要的寄託，蓋即使以鳥鳴春，這鳴也得在枝頭或草原上才好，若是雕籠金鎖，無論怎樣的鳴得起勁，總使人聽了索然興盡也。

話休煩絮。到底北平的春天怎麼樣了呢。老實說，我住在北京和北平已將二十年，不可謂不久矣，對於春遊卻並無什麼經驗。妙峰山雖熱鬧，尚無暇瞻仰，清明郊遊只有野哭可聽耳。北平缺少水氣，使春光減了成色，而氣候變化稍劇，春天似不曾獨立存在，如不算他是夏的頭，亦不妨稱為冬的尾，總之風和日暖讓我們著了單袷可以隨意徜徉的時候真是極少，剛覺得不冷就要熱了起來了。

不過這春的季候自然還是有的。第一，冬之後明明是春，且不說節氣上的立春也已過了。第二，生物的發生當然是春的證據，牛山和尚詩云，春叫貓兒貓叫春，是也。人在春天卻只是懶散，雅人稱曰春困，這似乎是別一種表示。所以北平到底還是有他的春天，不過太慌張一點了，又欠腴潤一點，叫人有時來不及嘗他的味兒，有時嘗了覺得稍枯燥了，雖然名字還叫作春天，但是實在就把他當作冬的尾，要不然便是夏的頭，反正這兩者在表面上雖差得遠，實際上對於不大承認他是春天原是一樣的。

我倒還是愛北平的冬天。春天總是故鄉的有意思，雖然這是三四十年前的事，現在怎麼樣我不知道。至於冬天，就是三四十年前的故鄉的冬天我也不喜歡：那些手腳生凍瘃，半夜裡醒過來像是懸空掛著似的上下四旁都是冷氣的感覺，很不好受，在北平的紙糊過的屋子裡就不會有的。在屋裡不苦寒，冬天便有一種好處，可以讓人家作事，手不僵凍，不必炙硯呵筆，於我們寫文章的人大有利益。北平雖幾乎沒有春天，我並無什麼不滿意，蓋吾以冬讀代春遊之樂久矣。

廿五年二月十四日。

買墨小記

我的買墨是壓根兒不足道的。不但不曾見過邵格之，連吳天章也都沒有，怎麼夠得上說墨，我只是買一點兒來用用罷了。我寫字多用毛筆，這也是我落伍之一，但是習慣了不能改，只好就用下去，而毛筆非墨不可，又只得買墨。本來墨汁是最便也最經濟的，可是膠太重，不知道用的什麼煙，難保沒有「化學」的東西，寫在紙上常要發青，寫稿不打緊，想要稍保存的就很不合適了。買一錠半兩的舊墨，磨來磨去也可以用上一個年頭，古人有言，非人磨墨墨磨人，似乎感慨繫之，我只引來表明墨也很禁用，並不怎麼不上算而已。

買墨為的是用，那麼一年買一兩半兩就夠了。這話原是不錯的，事實上卻不容易照辦，因為多買一兩塊留著玩玩也是人情之常。據聞人先生在《談用墨》中說，「油煙墨自光緒五年以前皆可用。」凌宴池先生的《清墨說略》曰，「墨至光緒二十年，或曰十五年，可謂遭亙古未有之浩劫，蓋其時礦質之洋煙輸入，……墨法遂不可復問。」所以從實用上說，「光緒中葉」以前的製品大抵就夠我們常人之用了，實在我買的也不過光緒至道光的，去年買到幾塊道光乙未年的墨，整整是一百年，磨了也很細黑，覺得頗喜歡，至於乾嘉諸老還未敢請教也。這樣說來，墨又有什麼可玩的呢？道光以後的墨，其字畫雕刻去古益遠，殆無可觀也已，我這裡說玩玩者乃是別一方面，大概不在物而在人，亦不在工人而在主人，去墨本身已甚遠而近於收藏名人之著書矣。

我的墨裡最可紀念的是兩塊「曲園先生著書之墨」，這是民廿三春間我做那首「且到寒齋吃苦茶」的打油詩的時候，平伯送給我的。墨的又一面是春在堂三字，印文曰程氏掬莊，邊款曰，光緒丁酉仲春鞠莊精選清煙。

其次是一塊圓頂碑式的松煙墨，邊款曰，鑒瑩齋珍藏。正面篆文一行云，同治九年正月初吉，背文云，績溪胡甘伯會稽趙叔校經之墨，分兩行寫，為趙手筆。趙君在《謫麟堂遺集》敘目中云「歲在辛未，余方入都居同歲生胡甘伯寓屋」，即同治十年，至次年壬申而甘伯死矣。趙君有從弟為余表兄，鄉俗亦稱親戚，余生也晚，乃不及見。小時候聽祖父常罵趙益甫，與李蒓客在日記所罵相似，蓋諸公性情有相似處故反相剋也。

近日得一半兩墨，形狀凡近，兩面花邊作木器紋，題曰，會稽扁舟子著書之墨，背曰，徽州胡開文選煙，邊款云，光緒七年。扁舟子即范寅，著有《越諺》共五卷，今行於世。其《事言日記》第三冊中光緒四年戊寅紀事云：「元旦，辛亥。巳初書紅，試新模扁舟子著書之墨，甚堅細而佳，惟新而膩，須俟三年後用之。」

蓋即與此同型，唯此乃後年所製者耳。日記中又有丁丑十二月初八日條曰：「陳槐亭曰，前月朔日營務處朱懋勳方伯明亮回省言，禹廟有聯繫范某撰書並跋者，梅中丞見而贊之，朱方伯保舉范某能造輪船，中丞囑起稿云云，子有禹廟聯乎，果能造輪船乎？應曰，皆是也。」

范君用水車法以輪進舟，而需多人腳踏，其後仍改用篙櫓，甲午前後曾在范君宅後河中見之，蓋已與普通的「四明瓦」無異矣。

前所云一百年墨共有八錠，篆文曰，墨緣堂書畫墨，背曰，蔡友石珍藏，邊款云，道光乙未年汪近聖造。又一枚稍小，篆文相同，背文兩行曰，一點如漆，百年如石，下云，友石清賞，邊款云，道光乙未年三月。甘實庵《白下瑣言》卷三云：

「蔡友石太僕世松精鑒別，收藏尤富，歸養家居，以書畫自娛，與人評論娓娓不倦。所藏名人墨蹟，鉤摹上石，為墨緣堂帖，真信而好古矣。」

此外在《金陵詞鈔》中見有詞幾首。關於蔡友石所知有限，今看見此墨卻便覺得非陌生人，彷彿有一種緣分也。貨布墨五枚，形與文均如之，背文二行曰，齋谷山人屬胡開文仿古，邊款云，光緒癸巳年春日。此墨甚尋常，只因是刻《習苦齋畫絮》的惠年所造，故記之。又有墨二枚，無文字，唯上方橫行五字曰雲龍舊衲制，據云亦是惠菱舫也。

又墨四錠，一面雙魚紋，中央篆書曰，大吉昌宜侯王，背作橋上望月圖，題曰湖橋鄉思。兩側隸書曰，故鄉親友勞相憶，丸作隃麋當尺鱗。仲儀所貽，蒼珮室製。疑是譚復堂所作，案譚君曾宦遊安徽，事或可能，但體制凡近，亦未敢定也。

墨緣堂墨有好幾塊，所以磨了來用，別的雖然較新，卻捨不得磨，只是放著看看而已。從前有人說買不起古董，得貨布及龜鶴齊壽錢，製作精好，可以當作小銅器看，我也曾這樣做，又搜集過三五古磚，算是小石刻。這些墨原非佳品，總也可以當墨玩了，何況多是先哲鄉賢的手澤，豈非很好的小古董乎。我前作《骨董小記》，今更寫此，作為補遺焉。

廿五年二月十五日，於北平苦茶庵中。

舊日記抄

我寫日記始於光緒戊戌（一八九八），雖是十九世紀末年，卻已是距今三十八年前了。自戊戌至乙巳七年中，斷續地寫，至今還保存著十四小冊，丙午至辛亥六年在日本不曾記，民國以後又一直寫著。我的日記寫得很簡單，大抵只是往來通信等，沒有什麼可看，但是民國以前的一部分彷彿是別一時代的事情，偶然翻出來看，也覺有好玩的地方，現在就把他抄錄一點下來。

第一冊記戊戌正月至五月間事，時在杭州，居花牌樓一小樓上，去塔兒頭不遠，聽街上叫賣聲即在窗下，所記多關於食物及其價格者：

「正月三十日，雨。食水芹，紫油菜，味同油菜，第莖紫如茄樹耳，花色黃。」

「二月初五日，晴，煥暖異常。食龍鬚菜，京師呼豌豆苗，即蠶豆苗也，以有藤似鬚故名，每斤四十餘錢，以炒肉絲，鮮美可啖。」紹興呼豌豆為蠶豆，而蠶豆則稱羅漢豆，日記中全以越俗為標準，一月後又記云：

「羅漢豆上市，杭呼青腸豆，又呼青然豆。」案此蓋即青蠶豆耳。

「二月廿八日，晨大霧，有雄黃氣。上午晴，夜雨，冷甚。食草紫，杭呼金花菜。春分，亥正二刻。」

「上巳日，陰冷。下午左鄰姚邵二氏買小雞六隻，每隻六十五文。」

「閏三月十三日，晴。枇杷上市。」

「十四日，陰。食櫻桃，每斤六十八文。」

「廿三日，雨。食萵苣筍，青鯧鮝，出太湖，每尾二十餘文，形如撐魚，首如帶魚，背青色，長約一尺，味似勒魚，細骨皆作入字形。」

但是同時也記載這類的事情，大抵是從報上看來的罷：

「四月初五日，陰。亨利親王覲見，遣胡燏棻禮親王往永定門外迎入，上親下座迎，並坐，下座送，賜珍物無數，內一扇係太后所畫云。」

「十七日，晴。山東沂州亂。廣東劉毅募勇五千鼓噪索餉。」

戊戌五月末回紹興，至辛丑八月往南京，所記共有五冊。有幾條購物的紀事可以抄錄：

「十一月廿八日，陰，路滑如油，上午稍乾，往大街。購洋鋸一把，一角五分，洋燭三支，每支十文，紅色粗如筆干，長二寸許，文左旋。」

「十二月初七日，晴，路滑甚。往試前購竹臂閣一方，洋五分，刻紅粉溪邊石一絕。小信紙一束四十張，二分，上印鴉柳。五色信紙廿張，一分六，上繪佛手柿二物。松鶴信紙四張，四文。洋燭四支，一角一分。」

「十三日，陰。午偕工人章慶往完糧米，共洋□元。至試前看案尚未出，購《思痛記》二卷，江寧李圭小池撰，洋一角。至涵雅廬購機器煤頭一束，二分五，洋煙一匣，五分。」

「廿一日，晴。偕章慶往水澄巷購年糕，洋一元糕三十七斤，得添送糕製小豬首羊首各一枚。」

「己亥正月初一日，晴。下午偕三弟遊大善寺，購火漆墨牛一隻，洋二分，青蛙一隻，六釐，黑金魚一隻，六釐。」亦仍常記瑣事，但多目擊，不是轉錄新聞了：

「二月十六日，晴。往讀。族兄利賓臺字鷂一乘，洋一角，線一束，一角，斷去孫宅。」所謂台字鷂者乃糊作臺字形的風箏，中途線折落在他家則曰斷，蓋放鷂的術語也。庚子辛丑多記游覽，如庚子年有云：

「三月初九日，陰。晨同三十叔下舟往梅里尖拜掃，祭時二人作贊，祭文甚短，每首只十數句耳。梅里尖係始遷六世祖韞山公之墓，玉田叔祖《鑑湖竹枝詞》有云，聳秀遙瞻梅里尖，孤峰高插勢凌天，露霜展謁先賢兆，詩學開科愧未傳。自注，先太高祖韞山公諱璜，以集詩舉於鄉。即記是事也。」

「十六日，陰。晨六點鐘起，同叔輩往老台門早餐，坐船往調馬場掃墓，同舟七人。出東郭門，挽纖行十里，至繞門山，今稱東湖，為陶心雲先生所創修，堤計長二百丈，皆植千葉桃垂柳及女貞子各樹，遊人頗多。又三十里至富盛埠，乘兜轎過市行二里許，越嶺，約千餘級。山上映山紅牛郎花甚多，又有蕉藤數株，著花蔚藍色，狀如豆花，結實即刀豆也，可入藥。路旁皆竹林，竹萌之出土者粗於碗口而長二三寸，頗為可觀。忽聞有聲如雞鳴，閣閣然，山谷皆響，問之轎夫，云係雉雞叫也。又二里許過一溪，闊數丈，水沒及骭，舁者亂流而渡，水中圓石顆顆，大如鵝卵，整潔可喜。行一二里至墓所，松柏夾道，頗稱閎壯。方祭時，小雨簌簌落衣袂間，幸即晴霽。下山午餐，下午開船。將進城門，忽天色如墨，雷電並作，大雨傾注，至家不息。」「十八日，雨，三十叔約偕往掃墓。上午霽，坐船至廿畝頭，次至茭白溇，因日前雨甚，路皆沒起，以板數扇墊之，才能通行。」後附記云：「連日大雨，畦畛皆成澤國，村人以車戽水使乾，而後以網乘之，多有得者，類皆鯽鯉之屬也。」十九日後又附記云：「大雨不歇，道路如河，行人皆跣足始可過。河水又長，橋皆甚低，唯小中船尚可出入耳。」

這時候有一件很可笑的事，這便是關於義和團事件的。五月中起就記有這類的謠傳，意思是不但贊成而且相信，書眉上大寫「非我族類其心必異」等文句，力主攘夷，卻沒有想到清朝也就包括在內。至辛丑正月始重加以刪改，對於鐵路枕木三百里頃刻變為桴炭的傳說不再相信了，攘夷思想還是仍舊。

八月往南京，讀了《新民叢報》和《蘇報》等以後，這才轉為排滿。入學的事情今從第六七兩冊抄錄幾條於下：

「八月初一日，晨小雨。至江陰，雨止，過鎮江，上午至南京下關。午抵水師學堂。」

「初九日，晴。上午點名給卷，考額外生，共五十九人，題為『雲從龍風從虎論』。」

「十一日，晴。下午聞予卷係朱穎叔先生延祺所看，批曰文氣近順。所閱卷凡二十本，予列第二，但未知總辦如何決定耳。」

「十二日，陰。患喉痛。下午錄初九日試藝，計二百七十字，擬寄紹興。」

「十六日，晴。出案，予列副取第一。」案其時正取一名，即胡韻仙，詩盧之弟，副取幾人則已不記得了。

「十七日，晴。覆試，凡三人，題為『雖百世可知也論』。」這兩個題目真好難做，「雲從龍」只寫得二百餘言，其枯窘可想，朱老師批曰近順也很是幽默，至於「雖百世」那是怎麼做的簡直不可思議，就是在現今試想也還不知如何下筆也。但是查日記於九月初一日掛牌傳補，第三天就進館上課了。功課的事沒有什麼值得說的，一個月後考試漢文分班，日記上云：

「十月初一日，禮拜一，晴。考漢文作策論，在洋文誦堂中，兩點鐘完卷，題云——問孟子曰，我四十不動心，又曰，我善養吾浩然之氣，平時用功，此心此氣究如何分別，如何相通？試詳言之。」

「初七日，禮拜日，晴。午出初一所考漢文分班榜，計頭班二十四人，二班二十八人，三班若干人，予列頭班二十名。」考入三等的人太多，可知高列者之容易僥倖，不過我總覺得奇怪，我的文章是怎麼胡謅出來的，蓋這回實在要比以前更難了，因為《論語》《易經》雖不比《孟子》容易，卻總沒有道學這樣難講罷。此心此氣究竟怎麼一回事，我至今還是茫然，回憶三十五年前事，居然通過了這些考試的難關，真不禁自己嘆服也。

在校前後六年，生活雖單調而遭遇亦頗多變化，今只略抄數則以見一斑。王寅年日記中云：

「正月初六日，晴冷，春風料峭，刺人肌骨。上午獨坐殊寂寞，天寒又不能出外，因至桅半探鵲巢，大約如斗，皆以細樹枝編成，其中頗光潔，底以泥雜草木葉煉成者，唯尚未產卵。鵲在旁飛鳴甚急，因捨之而下。下午看《時務報》。夜抄梁卓如《說橙》一首。」

「初七日，晴。上午釘書三本。夜抄章太炎《東方盛衰論》一首。九下鐘睡，勞神不能入寐，至十一下半鐘始漸靜去。」

「七月十四日，禮拜日，晴。下午閱梁任公著《現世界大勢論》一卷，詞旨危切，吾國青年當自厲焉。夜閱《開智錄》，不甚佳。夜半有狐狸入我室，驅之去。」

「八月初一日，禮拜二，陰雨。洋文進二班誦堂。下午看《泰西新史攬要》，譯筆不佳，喜掉文袋，好以中國故實強行摻入，點綴過當，反失本來面目，憂亞子所譯《累卵東洋》亦有此病，可見譯書非易事也。」

「十月初六日，禮拜三，晴。晨打靶。上午無課，下午看《古文苑》。四下鐘出操。夜借得梁任公《中國魂》二卷，擬展閱，燈已將燼，悵悵而罷，即就睡。」

「癸卯，四月十二日，禮拜五，晴。晨打靶，操場露重，立久，及退回靴已濕透。上午進館，至晚聽角而出，自視殊覺可笑，究不知所學者何事也。傍晚不出操。飯後胡韻仙李昭文來談。」

「十三日，禮拜六，晴。進館。傍晚體操。飯後同胡韻仙李昭文江上悟至洋文講堂天井聚談，議加入義勇隊事，決定先致信各人為介紹，又閒談至八下鐘始散。」

「十五日，禮拜一，晴。晨打靶。上午進館，作漢文四篇，予自作百餘字，語甚怪誕。出館後見韻仙云今日已致函吳稚暉。」

這時候正是上海鬧《俄事警聞》的時候，組織義勇軍的運動很是熱烈，這幾個學生住了兩年學校，開始感到沉悶，對於功課與學風都不滿足，同時又受了革命思想的傳染，所以想要活動起來。他們看去，這義勇隊就是排滿的別動隊，決心想投進去，結果找著了吳老頭子請他收容，這就是上邊所記的內幕。

下文怎麼了呢？這第十一小冊就記至四月止，底下沒有了，第十二冊改了體例，不是每天都記，又從七月起，五六兩月全缺。不過這件事的結局我倒還是記得的，過了多少天之後接得吳公的一封回信，大意說諸位的意思甚好，俟組織就緒時當再奉聞云云，後來義勇軍未曾成立，這問題自然也了結了。

日記第十二冊所記以事為主，注日月於下，各成一小文。癸卯七月由家回校，記二十二日一文題云「汽船之窘況及苦熱」，後半云：

「晚九點鐘始至招商碼頭，輪船已人滿，無地可措足，尋找再三，始得一地才三四尺，不得已暫止焉。天熱甚如處甑中，因與伍君交代看守行李，而以一人至艙面少息。途中倦甚蜷曲倚壁而睡，間壁又為機器房，壁熱如炙，煩躁欲死，至夜半尚無涼氣。四周皆江南之考先生，饒有酸氣，如入火炎地獄見牛首阿旁。至南京始少爽。」次節題云「江南考先生之一斑」，特寫其狀云：

「江南考先生之狀態既於《金陵賣書記》中見之，及予親歷其境，更信所言不謬。考先生在船上者，皆行李累累，遍貼鄉試字樣，大約一人總要帶書五六百斤，其餘日用器具靡不完備，堆積如山。飯時則盤辮捋袖，疾走搶飯，不顧性命。及船抵埠，乃另有一副面目，至將入場時，又寬袍大袖，項掛卷袋，手提洋鐵罐，而闊步夫子廟前矣。」

二十九日一節云「三山街同人之談話」：

「先一日得鍔剛函，命予與復九（即昭文）至城南聚會。次日偕俠畊（即韻仙）復九二人至承恩寺萬城酒樓，為張偉如邀午餐，會者十六人。食畢至劉壽昆處，共拍一照，以為紀念，姓名列後。

張蓂臣，孫竹丹，趙百先，濮仲厚，張偉如，李復九，胡俠耕，方楚喬，王伯秋，孫楚白，吳鍔剛，張尊五，江彤侯，薛明甫，周起孟，劉壽昆。

散後復至鐵湯池訪張伯純先生，及回城北已晚。」

此照相舊藏家中，及民八移居後不復見，蓋已遺失，十六人中不知尚有一半存在否，且民國以來音信不通，亦已不易尋問了。

第十三冊記甲辰十二月至乙巳三月間事，題曰「秋草園日記甲」，有序云：「世界之有我也已二十年矣，然廿年以前無我也，廿年以後亦必已無我也，則我之為我亦僅如輕塵棲弱草，彈指終歸寂滅耳，於此而尚欲借駒隙之光陰，涉筆於米鹽之瑣屑，亦愚甚矣。然而七情所感，哀樂無端，拉雜紀之，以當雪泥鴻爪，亦未始非蜉蝣世界之一消遣法也。先儒有言，天地之大而人猶有所恨，傷心百年之際，興哀無情之地，不亦傎乎。然則吾之記亦可以不作也夫。」

此文甚幼稚，但由此可見當時所受的影響，舊的方面有金聖歎，新的方面有梁任公與冷血，在以後所記上亦隨處可以看出。

甲辰十二月十六日條後附記云：

「西人有恆言云，人皆有死。人能時以此語自警，則惡事自不作，而一切競爭皆可省，即予之日記亦可省。」

十八日附記云：

「天下事物總不外一情字。作文亦然，不情之創論雖有理可據終覺殺風景。」

廿四日附記云：

「世有輪迴，吾願其慰，今生不得志可待來生，來生又可待來生，如擲五瓊，屢么必一六。而今已矣，偶爾為人，忽焉而生，忽焉而死，成敗利鈍一而不再，欲圖再厲其可得乎。然此特悲觀之言，尚未身歷日暮途窮之境者也，彼驚弓之鳥又更當何如。」

乙巳二月初七日附記四則之二云：

「殘忍，天下之極惡事也。」

「世人吾昔覺其可惡，今則見其可悲。茫茫大陸，荊蕙不齊，孰為猿鶴，孰為沙蟲，要之皆可憐兒也。」語多感傷，但亦有閒適語，如廿五日附記云：

「過朝天宮，見人於小池塘內捕魚，勞而所得不多，大抵皆鰍魚之屬耳。憶故鄉菱蕩釣鰷之景，寧可再得，令人不覺有故園之思。」

此冊只寥寥七紙，中間又多有裁截處，蓋關於政治或婦女問題有違礙語，後來覆閱時所刪削，故內容益微少，但多可抄錄，有兩件事也值得一說。三月十六日條云：

「封德三函招，下午同朱浩如至大功坊辛卓之處，見沈□□翀，顧花岩琪，孫少江銘，及留日女學生秋瓊卿女士瑾，山陰人。夜同至悅生公司會食，又回至辛處，談至十一下鐘，往鐘英中學宿。次晨歸堂。」廿一日附記云：「在城南夜，見唱歌有願借百萬頭顱句，秋女士云，雖有此願特未知肯借否。信然，可知彼等亦妄想耳。」

秋女士那時大約就回到紹興去，不久與於大通學堂之難。革命告成，及今已二十五年，重閱舊記，不勝感慨。又二月初十日條下云：

「得丁初我函言《俠女奴》事，云贈報一年。」

十四日云：

「星期，休息，雨。譯《俠女奴》竟，即抄好，約二千五百字，全文統一萬餘言，擬即寄。此事已了，如釋重負，快甚。」

三月初二日云：

「下午收到上海女子世界社寄信，並《女子世界》十一冊，增刊一冊，《雙艷記》，《恩仇血》，《孽海花》各一冊。夜閱竟三冊。」

廿九日云：

「患寒疾。接丁初我廿六日函，云《俠女奴》將印單行本，即以此補助《女子世界》。下午作函允之，並聲明一切。」

丁先生在上海辦《小說林》，刊行《女子世界》，我從《天方夜談》英譯本中抄譯亞利巴巴與四十強盜的故事，題曰「俠女奴」，託名萍雲女士寄去，上邊所記就是這件事情。這譯文當然很不成東西，但實是我最初的出手，所以值得一提。

我離南京後與丁先生沒有再通信，後來看見民國八年刻成的虞山叢刻，知道他健在而且還努力刻書，非常喜歡，現今又過了十七年了，關於他的消息我很想知道，因為丁先生也是一位未曾見面而很有益於我的師友也。

第十四冊題曰「乙巳北行日記」，實在只有兩葉，自十一月十一日至十二月廿五日，記與同班二十三人來北京練兵處應留學考試事。紀事非常簡單，那天渡黃河渡了五個鐘頭，許多事情至今還記得，日記上只有兩行，其餘不出一行，又不是每天都記，所以沒有什麼好材料可以抄錄。當時在西河沿新豐棧住，民六到北京後去看過一趟，卻早已不見了，同班中至今在北平的大約也只不佞一人了罷。時光過的真快，這十四小冊子都已成為前一代的舊事了，所以可以發表一點兒，可是因此也就沒有什麼可看的了。

廿五年三月三十日，於北平之苦雨齋。

紹興兒歌述略序

《西河牘札》之三與故人云：

「初意舟過若下可得就近一涉江水，不謂蹉跎轉深，今故園柳條又生矣。江北春無梅雨，差便旅眺，第日薰塵起，障目若霧，且異地佳山水終以非故園不浹寢食，譬如易水種魚，難免圉困，換土栽根，枝葉轉，況其中有他乎。向隨王遠侯歸夏邑，遠侯以宦跡從江南來，甫涉淮揚蹴濠亳，視夏宅棗林榆隰女城茅屋定謂有過，乃與其家人者夜飲中酒歎曰，吾遍遊北南，似無如吾土之美者。嗟乎，遠遊者可知已。」

正如人家所說，「西河小牘隨筆皆有意趣」，而這一則似最佳，因為裡邊含有深厚的情味。但是，雖然我很喜歡這篇文章，我的意見卻多少有點兒不同。故鄉的山水風物因為熟習親近的緣故，的確可以令人流連記憶，不過這如隔絕了便愈久愈疏，即使或者會得形諸夢寐，事實上卻總是沒有什麼關係了。在別一方面他給予我們一個極大的影響，就是想要擺脫也無從擺脫的，那即是言語。

普通提起方言似乎多只注重那特殊的聲音，我所覺得有興趣的乃在其詞與句，即名物云謂以及表現方式，我嘗猜想一個人的文章往往暗中受他方言的支配，假如他不去模擬而真是誠實的表現自己。我們不能照樣的說，遍覽北南無如吾語之美者，但在事實上不能不以此為唯一根據，無論去寫作或研究，因為到底只有這個是知道得最深，也運用得最熟。所以我們如去各自對於方言稍加記錄整理，那不失為很有意義的事，不但是事半功倍，也大有用處，而且實在也正是遠遊者對於故鄉的一種義務也。

不佞乃舊會稽縣人也，故小時候所說的是紹興話，後來在外邊居住，聽了些杭州話南京話北京話，自己也學說藍青官話，可是程度都很淺，講到底，我所能自由運用的還只是紹興話那一種罷了。

光緒戊寅（一八七八）會稽范寅著《越諺》三卷，自序有云：

「寅不敏又不佞，人今之人，言今之言，不識君子安雅，亦越人安越而已矣。」這一部書我很尊重，這幾句話我也很喜歡。辛亥秋天我從東京回紹興，開始搜集本地的兒歌童話，民國二年任縣教育會長，利用會報作文鼓吹，可是沒有效果，只有一個人寄過一首歌來，我自己陸續記了有二百則，還都是草稿，沒有謄清過。

六年四月來到北京大學，不久歌謠研究會成立，我也在內，我所有的也只是這冊稿子，今年歌謠整理會復興，我又把稿子拿出來，這回或有出版的希望。

關於歌謠我毫無別的貢獻，二十年來只帶著一小冊紹興兒歌，真可謂越人安越了。但是實際連這一小冊也還是二十年前的原樣子，一直沒有編好，可謂荒唐矣，現在總須得整理一番，預備出版，不過這很令我躊躇，蓋整理亦不是一件容易事也。

我所集錄的是紹興兒歌，而名曰述略，何也。老實說，這有點兒像醉翁之意不在酒的樣子，也可以說買櫝還珠罷，歌是現成的，述是臨時做出來的，故我的用力乃在此而不在彼也。箋注這一卷紹興兒歌，大抵我的興趣所在是這幾方面，即一言語，二名物，三風俗。方言裡邊有從古語變下來的，有與他方言可以通轉的，要研究這些自然非由音韻下手不可，但正如文字學在聲韻以外有形義及文法兩部分，方言也有這部分存在，很值得注意，雖然講到他的轉變還要聲韻的知識來做幫助。

紹興兒童唱蚊蟲歌，頗似五言絕句，末句云：「搭殺像汙介。」這裡「搭」這一動作，「汙」這一名物以外，還有「像汙介」這一種語法，都是值得記述的。我們平常以為這種字義與文法是極容易懂的，至少是江浙一帶所通用，用不著說明。這在常識上是對的，不過你也不記我也不記，只讓他在口頭飄浮著，不久語音漸變，便無從再去稽查，而不屑紀錄瑣細的事尤其是開一惡例，影響不只限於方言，關於自然與人生各方面多不注意，許多筆記都講的是官場科名神怪香豔，分量是汗牛而充棟，內容卻全是沒事幹干扯淡，徒然糟塌些粉連紙而已。

我想矯枉無妨稍過正，在這個時候我們該從瑣屑下手，變換一下陳舊的空氣。這裡我就談到第二問題去，即名物，這本來也就包括在上文裡邊，現在不過單提了出來罷了。十二三年前我在北京大學出版的《歌謠週刊》第三十一期上登過一篇《歌謠與方言調查》，中間曾說：

「我覺得現在中國語體文的缺點在於語彙之太貧弱，而文法之不密還在其次，這個救濟的方法當然有採用古文及外來語這兩件事，但採用方言也是同樣重要的事情。」

辭彙中感到缺乏的，動作與疏狀字似還在其次，最顯著的是名物，而這在方言中卻多有，雖然不能普遍，其表現力常在古語或學名之上。如紹興呼蘩縷曰小雞草，平地木曰老弗大，杜鵑花曰映山紅，北平呼栝蔞曰赤包兒，蝸牛曰水牛兒，是也。

柳田國男著《民間傳承論》第八章言語藝術項下論水馬兒的名稱處有云：「命名者多是小孩子，這是很有趣的事。多採集些來看，有好多是保姆或老人替小孩所定的名稱。大概多是有孩子氣的，而且這也就是很好的名字。」我的私意便是想來關於這些名字多說些閒話，別的不打緊，就只怕實在沒有這許多東西或是機會，那麼這也是沒法。至於風俗，應說就說，若無若有，蓋無成心焉。

這樣說來，我倒很有點像木華做《海賦》，只「於海之上下四旁言之」，要緊的海倒反不說。兒歌是兒童的詩，他的文學價值如何呢？這個我現在回答不來，我也恐怕寥寥的這些小篇零句裡未必會有這種東西。

總之我只想利用自己知道得比較最多最確實的關於紹興生活的知識，寫出一點零碎的小記，附在兒歌裡公之於世，我就十分滿足了。歌詞都想注音，注音字母發佈了將二十年，可惜閏母終於還未制定，這裡只好借用羅馬字，——序文先寫得了，若是本文完全注好，那恐怕還要些時光，這序可以算作預告，等將來再添寫跋尾罷。

民國二十五年四月三日，於北平。

安徒生的四篇童話

我和安徒生（H．C．Andersen）的確可以說是久違了。整三十年前我初買到他的小說《即興詩人》，隨後又得到一兩本童話，可是並不能瞭解他，一直到了一九〇九年在東京舊書店買了丹麥波耶生的《北歐文學論集》和勃闌特思的論文集（英譯名「十九世紀名人論」）來，讀過裡邊論安徒生的文章，這才眼孔開了，能夠懂得並喜歡他的童話。

後來收集童話的好些譯本，其中有在安徒生生前美國出版的全集本兩巨冊，一八七〇年以前的童話都收在裡邊了，但是沒有譯者名字，覺得不大靠得住。一九一四年奧斯福大學出版部的克萊吉夫婦編訂本，收錄完備，自初作的《火絨箱》以至絕筆的《牙痛老姆》全都收入，而且次序悉照發表時代排列，譯文一一依據原本改正，削繁補缺，可謂善本，得此一冊也就可以滿足了，雖然勃拉克斯塔特本或培因本還覺得頗喜歡，若要讀一兩篇時選本也更為簡要。

但是我雖愛安徒生童話，譯卻終於不敢，因為這件事實在太難了，知道自己的力量很不夠，只可翻開來隨意讀讀或對客談談而已，不久也就覺得可以少談，近年來則自己讀了消遣的事也久已沒有了。

去年十二月三十日卻忽然又買到了一小本安徒生的童話。這件事情說來話長。原來安徒生初次印行童話是在一八三五年，內係《火絨箱》，《大克勞斯與小克勞斯》，《豌豆上的公主》，《小伊達的花》，共四篇，計六十一頁。去年一九三五正是百年紀念，坎勃列治大學出版部特刊四篇新譯，以為紀念，我就托書店去定購，等得寄到時已經是殘年向盡了。

本文係開格溫（R·P·Keigwin）所譯，有拉佛拉忒夫人（Gwen Raverat）所作木板畫大小三十五幅，又安徒生小像兩個，——這都只有兩英寸高，所以覺得不好稱幅。安徒生的童話前期所作似更佳，這四篇我都愛讀，這回得到新譯小冊，又重複看了兩三遍，不但是多年不見了的緣故，他亦實在自有其好處也。

譯者在卷首題句，藉以紀念他父母的金剛石結婚，蓋結婚在一八七五，正是安徒生去世之年，到了一九三五整整的是六十年了。譯者又有小引云：

「回顧一百年的歲月，又記著安徒生所寫童話的數目，我們便要驚異，看這最初所出的第一輯是多麼代表的作品，這詩人又多麼確實的一跳起來便踏定腳步。在一八三五年的早春他寫信給印該曼道，『我動手寫一兩篇故事，講給兒童們聽的，我自己覺得很是成功。』

「他所複述的故事都是那些兒時在芬島他自己所喜歡聽的，但是那四篇卻各有特別顯明的一種風格。在《火絨箱》裡，那兵顯然是安徒生自己，正因為第一篇小說的目前的成功高興得了不得，那文章的調子是輕快的莽撞的。在《大克勞斯與小克勞斯》那快活的民間喜劇裡，他的素樸性能夠儘量的發現，但其效力總是健全而興奮的。這兩篇故事裡，金錢的確是重要的主眼，而這也正是金錢為那時貧窮的安徒生所最需要的東西。或者那時候他所要的還該加上一個公主罷。於是有那篇《豌豆上的公主》，這裡有他特別的一股諷刺味，這就使得那篇小故事成為一種感受性的試驗品。

「末了有《小伊達的花》，一篇夢幻故事，像故事裡的花那麼溫和柔脆，在這裡又顯示出別一樣的安徒生來，帶著路易加樂爾（Lewis Carroll）的希微的預兆，——伊達帖藹勒即是他的阿麗思列特耳。《小伊達》中滿是私密的事情，很令我們想起那時代的丹麥京城是多麼的偏鄙，這故事雖是一部分來自霍夫曼，但其寫法卻全是獨創的。而且在這裡，安徒生又很無心的總結起他對於異性的經驗：『於是那掃煙囪的便獨自跳舞，可是這倒也跳得不壞。』

「關於安徒生的文體還須加以說明，因為正是這個，很招了他早期批評家的怒，可是末後卻在丹麥散文的將來上發生一種強有力的影響。他在那封給印該曼的信上說，『我寫童話，正如我對小孩講一樣。』這就是說，他拋棄了那種所謂文章體，改用口語上的自然的談話的形式。後年他又寫道，『那文體應該使人能夠聽出講話的人的口氣，所以文字應當努力去與口語相合。』這好像是一篇論廣播的英文的話，安徒生實在也可以說是一個最初的廣播者。他在幾乎一百年前早已實行了那種言語的簡單化的技術，這據說正是不列顛廣播會（B·B·C·）的重要工作之一。

「他在敘述上邊加以種種談話的筆法，如乾脆活潑的開場，一下子抓住了聽者的注意，又如常用背躬獨白或插句，零碎的丹麥京城俗語，好些文法上的自由，還有那些語助辭——言語裡的點頭和撐肘，這在丹麥文裡是與希臘文同樣的很豐富的。安徒生在他的童話裡那樣的保持著談話的調子，所以偶然碰見一點真的文章筆調的時候你就會大吃一驚的。

「他又說道，『那些童話是對兒童講的，但大人們也可以聽。』所以其言語也並不以兒童的言語為限，不過是用那一種為兒童所能理解與享受的罷了。（這是很奇異的，安徒生的言語與格林所用的相差有多麼遠，且不說他的詼諧趣味，這在丹麥人看來是他最為人所愛的一種特色。在英國普通以為他太是感傷的印象，也大抵都是錯誤的。）

「現在只簡略的說明安徒生的言語的技術，但是可惜，這常被湮沒了，因為譯者的想要修飾，於是在原著者的散文上加了好些東西，而這在原本卻正是很光榮地並沒有的。至於其餘的話可以不說了，這裡是他最初的四篇童話，自己會得表明，雖然這總使人絕望，不能把真的丹麥風味搬到英文上來。

「安徒生，丹麥的兒童的發見者，也是各國家的和各國語的兒童的恩人。真是幸福了，如不久以前一個法國人所說，幸福的是他們，自己以為是給兒童寫作，卻是一般地貢獻於人類，蓋他們乃是地上的君王也。」

上面引用安徒生晚年所寫的話，原見丹麥全集第二十七冊，美國本亦譯載之，係一八六八年所記，說明其寫童話的先後經過者也。自敘傳《我一生的童話》之第七章中也說及此事，但不詳細。

一九三二年英國出版《安徒生傳》，托克斯微格女士（Signe Toksvig）著，蓋是丹麥人而用英文著述者，第十三章關於童話第一輯敘說頗多，今不重述，但有兩點可以補充。

其一，《豌豆上的公主》本是民間傳說，與《火絨箱》等都是從紡紗的女人和採訶布花的人聽來的，但這裡有一點對於伍爾夫小姐的諷刺，因為她遇見無論什麼小事總是太敏感的。

其二，掃煙囪的獨自跳舞，因為洋娃娃蘇菲拒絕了他，不肯同安徒生跳舞的據說也有其人，即是珂林家的路易絲小姐。可是這傳裡最有益的資料並不是這些，乃是他講人家批評安徒生的地方。

這輯童話出去之後，大雜誌自然毫不理會，卻有兩家很加以嚴正的教訓。傳中云：「這是很怪的，安徒生平常總是那麼苦痛的想，覺得自己老是惡意的誤解與可怕的不公平之受害者，對於這兩個批評卻似乎不曾流過眼淚。但是我們不妨說，在全世界的文學史上，實在再也沒有東西比這更是傲慢而且驢似的蠢的了。

「這很值得引用。第一個批評說：『雖然批評者並不反對給成人們看的童話，可是他覺得這種文學作品全然不適宜於兒童。他自然也知道兒童容易對於奇異事情感受興趣，但是他們的讀物，即使是在校外，可以單給他們娛樂的麼？凡是要給兒童什麼東西去讀的，應該在單去娛樂他們之上有一個較高的目的。但就事實來說，童話裡不能夠把自然與人類的有用知識傳授給兒童們，至多只有幾句格言罷了，所以這是一個問題，是否太是利少害多，因為這會把他們心裡都灌滿了空想了。』

「批評者又列舉各篇童話，承認說這的確可以使兒童聽了喜歡，不提這不但不能改進他們的心，反而會有很大的害處。『有人承認這可以改進兒童的禮儀觀念麼，他看這童話裡說一個熟睡的公主騎在狗背上跑到兵那裡，兵親了她的嘴，後來她完全清醒了的時候告訴父母這件妙事，說是一個怪夢！』

「又，兒童的羞恥意識可以改進麼，他看童話裡說一個女人在她丈夫出門的時候獨自同那管廟的吃酒飯？

「又，兒童的人命價值觀念可以改進麼，他看那《大克勞斯與小克勞斯》裡的那些殺人事件？

「至於《豌豆上的公主》，『這在批評者看去似乎不但是粗俗而且還很荒唐，因為兒童看了或者會吸收這種錯誤觀念，以為那些貴婦人真是這麼了不得的皮薄的。』《小伊達的花》算是比較的沒有弊害，但是可惜，這裡邊也沒有道德教訓！

「那位先生於是在末尾勸這有才能的著者要記住他的崇高的職務，勿再這樣浪費他的光陰。

「第二個批評差不多也是同樣的口調，但是著力說明這樣用口語寫文章之無謂，因為這總該把難懂一點的東西去給兒童，那麼他們會努力去想懂得。這才是兒童們所尊重的。否則就會使得他們有機會自尊起來，隨意批評事情，這於兒童是極有害的事。他勸安徒生不要這樣的弄下去，但是那批評家摩耳貝克剛才印行了一本故事集，這是文章作法的模範，而且也指示出教訓來，這就是在童話裡也還該有的。

「一世紀後蘇維埃政府阻止學校裡讀童話，理由是說童話頌揚王子與公主。」

在一百年前，這樣子的批評其實是不足怪的。可怪的只是有安徒生這種天才，突然地寫出破天荒的小故事，把世人嚇一跳，然而安徒生自己卻也並不知道，他被人家這麼教訓了之後，也就想回過去做他的小說，這些「勞什子」放棄了本來並不覺得可惜。

大家知道歐洲的兒童發見始於盧梭，不過實在那只可算是一半，等到美國史丹來霍耳博士的兒童研究開始，這才整個完成了。十八世紀在文學上本是一個常識教訓的時代，受了盧梭影響的兒童教育實在也是同一色彩，給兒童看的書裡非有教訓不可，這正是當然的道理。舉一個極端的例，我在《縊女圖考釋》中引用法國戴恩的話，說王政復古時的英國人將克林威耳等人的死體掛在絞架上，大家去看，我加以解說道：

「但是這種景象也有人並不以為可嫌惡，因為這有道德的作用，十八世紀時有些作家都如此想，有兒童文學的作者如謝五德太太（Mrs · Sherwood）便很利用絞架為教科。哲木斯在《昨日之兒童的書》（一九三三年）引論中說，他們誠實的相信，惡人的公平而且可怕的果報之恐嚇，應該與棍子和藥碗天天給孩子們服用，這在現代兒童心理學的泰斗聽了是會很感到不安的。

「這恐怕是實在的，但在那時卻都深信絞架的價值，所以也不見得一定會錯。現在且舉出謝五德太太所著的《費厄卻耳特家》為例，兩個小孩打架，費厄卻耳特先生想起氣是殺人媒的話，便帶領他們到一個地方去，到來看時原來是一座絞架。『架上用了鐵索掛著一個男子的身體，這還沒有落成碎片，雖然已經掛在那裡有好幾年了。那身體穿了一件藍衫，一塊絲巾圍著脖子，穿鞋著襪，衣服一切都還完全無缺，但是那屍體的臉是那麼駭人，孩子們一看都不敢看。』這是一個殺人的兇手，絞死了示眾，直到跌落成為碎片而止。費厄卻耳特先生講述他的故事，一陣風吹來搖動絞架上的死人，鎖索悉率作響，孩子們嚇得要死，費厄卻耳特先生還要繼續講這故事，於是圓滿結局，兩個小孩跪下禱告，請求改心。」

這樣看來，安徒生的做法確是違反文學正宗的定律的了。可是正宗派雖反對，而兒童卻是喜歡聽。浪漫主義起來，獨創的美的作品被重視了，兒童學成立，童話的認識更明確了，於是出現了新的看法，正宗的批評家反被稱為驢似的蠢了。但是，那些批評在中國倒是不會被嫌憎的，因為正宗派在中國始終是占著勢力，現今還是大家主張讀經讀古文，要給兒童有用的教訓或難懂的主義，這與那兩個批評是大半相合的。

在世界也是思想的輪迴，宗教與科學，權威與知識，有如冬夏晝夜之反覆運算，中國則是一個長夜，至少也是光明微少而黑暗長遠。安徒生在西洋的運命將來不知如何，若在中國之不大能站得住腳蓋可知矣，今寫此文以紀念其四篇亦正是必要也。

（二十五年一月）

日本管窺之三

此刻現在自己伸出嘴來談中日事情，有點像樊遲樊噲的小兄弟一樣，實實是「樊惱自取」。可是不相干，我還想來說幾句話。這並不是像小孩玩火，覺得因危險而好玩，也當然不是像法師振錫，想去醒迷警頑。我只是看到別人的幾句文章，略略有點意思想隨便說說罷了。

胡適之室伏高信二君的兩篇大文都在報上讀過了，兩篇都寫得很好，都說得很有道理，我也很佩服，但是引起我的感想的卻不是這個。我所說的是一個在東京的留學生真君十一月二十四日寫來的私信，其中有云：

「前日隨東師觀早大演劇博物館，初期肉筆浮世繪展，昨又隨其赴上野帝室博物館並美術館之現代板畫展等，東師一一賜為詳細說明，引起無限的興趣。同時益覺得今日的日本可敬可畏，而過去的日本卻實在更可愛。江戶今雖已成東京，但仍極熱望能在此多住幾年，尤望明年先生也能來東京，則更多賜教啟發的機會了。然而這些希望看來似乎都很渺茫也。」

這裡我忽然想起了清末的兩個人，黃遵憲與葉昌熾。黃君著的《人境廬詩草》卷八有《馬關紀事》五首，顯然是光緒乙未年所作，其一云：

「既遣和戎使，翻貽驕倨書。改書追玉璽，絕使復輜車。唇齒相關誼，干戈百戰餘。所期捐細故，盟好復如初。」黃君雖然曾著《日本雜事詩》與《日本國志》，在中國是最早也最深地瞭解日本的人，但在中日戰爭的甲午的次年就敢於這樣說，我們不能不佩服他的膽識。葉君詩文集外著有《語石》，最有名，歿後出版的《緣督廬日記鈔》卷八記庚子六月間事有兩則云：

「初九日，莒南來久談，云日本使臣及統兵官因待中國太厚為其國主撤歸，此必各國有責言，不能不自掩其同洲之跡，然而中國苦矣。

「初十日，昨莒南云，慶邸回京往晤各國使臣，日使教之云，為中國計，第一請停戰，第二急派兵剿義和團，無令他國代剿，失自主之權。畿輔州邑得不致大遭蹂躪者，此兩言之力也。為我謀不可謂不忠，宜各國之有後言也。」

這裡所記的是否事實我不能知道，或者莒南所談原只是道聽塗說亦未可知，不過那都沒有什麼關係，所可注意的是葉君在庚子那時對於日本的態度。這種態度大約也不只葉君一人，有莒南等人輾轉相傳地來說，可知這空氣傳播得頗廣，葉君卻把它表示出來罷了。

從庚子到現今乙亥又是三十五年了，突然聽到了真君的話，很有點出於意外。真君本來是頗愛人境廬的詩的，所以意見與黃君相近吧？但是這裡有點不同，黃葉二君親日的意見大抵以政治為立腳點，而真君則純是文化的，這是我所很感到興趣的地方。

說到親日，我在這裡不免要來抄錄一篇小文，對於這個名詞略加說明：

「中國的親日派，同儒教徒一樣，同樣的為世詬病，卻也同樣的並沒有真實的當得起這名稱的人。

「中國所痛惡的，日本所歡迎的那種親日派，並不是真實的親日派，不過是一種牟利求榮的小人，對於中國，與對於日本，一樣有害的，一面損了中國的實利，一面損了日本的光榮。

「我們承認一國的光榮在於他的文化——學術與藝文，並不在他的屬地利權或武力，而且這些東西有時候還要連累了缺損他原有的光榮。（案如歐戰時德國文學家霍普忒曼，非洲戰爭時義國科學家瑪律可尼，各為本國辯解，說好些可笑的話。）

「中國並不曾有真的親日派，因為中國還沒有人理解日本國民的真的光榮，這件事只看中國出版界上沒有一冊書或一篇文講日本的文藝或美術，就可知道了。日本國民曾經得到過一個知己，便是小泉八雲（Lafcadio Hearn），他才是真的親日派。中國有這樣的人麼？我慚愧說，沒有。此外有真能理解及紹介英德法俄等國的文化到中國來的真的親英親德等派麼？誰又是專心研究與中國文化最有關係的印度的人呢？便是真能瞭解本國文化的價值，真實的研究整理，不涉及復古與自大的，真的愛國的國學家，也就不很多吧。

「日本的朋友，我要向你道一句歉，我們同你做了幾千年的鄰居，卻舉不出一個人來，可以算是你真的知己。但我同時也有一句勸告，請你不要認不肖子弟的惡友為知己，請你拒絕他們，因為他們只能賣給你土地，這卻不是你的真光榮。」

此文係民國九年所寫，題曰「親日派」，登在當時《晨報》「第七版」上，因為還沒有所謂副刊。這已是十五年前的事情了，文章的那樣寫法與有些意思現在看來覺得有點幼稚，十幾年中事實也稍有變更了，這裡所說的話未必能算全對，不過對於親日的解說我還是那麼想，所以引用了。所謂親日應該是Nipponophilos一語的翻譯，是愛日本者，也可以說是日本之友，而友誼又與親族關係不同，他不會去附和械鬥，也不講酒食征逐，只因相知遂生情意，個人與民族雖大小懸殊，情形卻無二致。

世界上愛日本者向來以小泉八雲為代表，近來又加添了一個葡萄牙人摩拉藹思（W·de Moraes）。此外如法國的古修（P·L·Couchoud）等大約還不少，不過在日本沒有翻譯，所以不大知道。小泉八雲的全集已有日譯，原書又是英文，大家見到的很多，摩拉藹思的著作今年有兩種譯成日本文即《日本的精神》與《德島的盆踴》。講到專門的研究，文學方面不及張伯倫，美術方面不及菲納羅沙與龔枯爾，他們只對於日本一般的文化與社會情形感到興趣，加為讚賞，因為涉及的範圍廣大，敘說通俗，所以能得到多數的讀者，但因此也不免有淺薄的缺點。

還有一層，「西洋人看東洋總是有點浪漫的，他們的詆毀與讚歎都不甚可靠，這彷彿是對於一種熱帶植物的失望或滿意，沒有什麼清白的理解根據，有名如小泉八雲也還不免有點如此。」這是十年前所說的話，到現在也是這樣想。小泉八雲的文章與思想還有他的美，摩拉蔼思的我更覺得別無特色，或者一半因為譯文的無味的緣故亦未可知。他們都不免從異域趣味出發，其次是濃厚的宗教情緒，這自然不會是希伯來正宗的了，他們要來瞭解東洋思想，往往戴上了泛神的眼鏡，或又固執地抓住了輪迴觀，憑空看出許多幻影來。

日本原來也是富於宗教情緒的民族，卻未必真是耽溺於靈魂與輪迴的冥想，如基督教人之所想像。如小泉八雲著《怪談》中的《蚊子》是一篇很好的散文，末尾云：

「假如我要被判定去落在食血餓鬼道中，那麼我願意有這機會去轉生在墳前的那些竹花瓶裡，將來我可以從那裡偷偷地出來，唱著我的細而且辣的歌，去咬我所認識的人。」

這說得很有風趣，但在上文說如東京想要除滅蚊子，須得在寺裡墓場裡的一切花瓶的水上注上石油，因為這裡邊能發育蚊子，但是這斷不可能，不特破壞了祖先崇拜之詩美，而且戒殺生的宗教與敬祖的孝心也決不能奉命云云，如當作詩人自己奇怪的意境看固亦無妨，但若是算作實寫日本的情形則未免是謬誤之一例了。

中國人論理可以沒有這些毛病，因為我們的文化與日本是同一系統，儒釋道三種思想本是知道的，那麼這裡沒有什麼隔閡，瞭解自然容易得多。十五年前說中國還沒有講日本文學的書，現在也是有了，世上難得再有小泉八雲那樣才筆，但是不下於他的理解總是可能的，所以這件事似乎看下去很可以樂觀。

我嘗說過，日本與中國在唐朝的往來真是人類史上最有光榮的事，純是文化的友誼的使節，一點都沒有含著不純的動機，只有在同時代的中國與印度的往來可以相比，在外國絕對找不出一個類似的例來，羅馬與希臘的文化的關係不可謂不密切，那卻是從侵略來的，情形就大不相同了。中國對於日本文化的理解有很好的「因」很遠地種下了，可是「緣」卻不好，這多少年來政治上的衝突成了文化接觸的極大障害，所以從又一方面看去樂觀是絕無根據。在這個時候聽見真君的幾句話，確是空谷足音，不能不令人瞿然驚顧了。

要瞭解別國的文化可是甚不容易的事。從前我說文化大抵只以學術與藝文為限，現在覺得這是不對的。學術藝文固然是文化的最高代表，而低的部分在社會上卻很有勢力，少數人的思想雖是合理，而多數人卻也就是實力。所以我們對於文化似乎不能夠單以文人學者為對象，更得放大範圍來看才是。

前日讀谷崎潤一郎的新著小說《武州公秘話》，卷二記桐生輝勝十三歲時在牡鹿城為質，藥師寺軍圍城，輝勝夜登小樓觀女人們裝飾所斬獲的首級事，我覺得很有意思。老女最初說明道：

「近來幾乎每天晚上都從自己的隊夥中叫去五六個人，把斬獲的敵人的首級拿來與首級簿對勘，換掛首級牌，洗濯血跡，去辦這些差使。首級這東西，若是無名的小兵的那或者難說，否則凡是像點樣子的勇士的頭，那就都是這樣的好好地弄乾淨了，再去供大將的查檢。所以都要弄得不難看，頭髮亂了的給他重新梳好頭，染牙齒的重新給染過，偶然也有首級要給他薄薄地搽點粉。總之竭力地要使那人保存原來的風貌與血氣，與活著的時候仿佛。這件事叫做裝飾首級，是女人所做的工作。」

隨後紀述這工作的情形云：

「人數正是五個。這裡邊的三個女人都有一個首級放在前面，其餘的兩個女人當作助手。第一個女人舀起半勺熱水來倒在木盆裡，叫助手幫著洗那首級。洗了之後把這個放在首級板上，遞給第二個人。這個女人接了過來，給他梳髮挽髻。第三個女人就在首級上掛上牌子。工作是這樣的順著次序做下去。最後，這些首級都放在三個女人後面的長的大木板上，排列作一行。」

關於梳頭又詳細地描寫道：

「從左端的女人手裡遞過乾乾淨淨地揩去了血跡的一個首級來時，這女人接受了，先用剪刀剪斷了髻上的頭繩，隨後愛撫似地給他細心地梳髮，有的給搽點香油，有時給剃頂搭，（案日本維新前男子皆蓄髮結髻，唯腦門上剃去一部分如掌大。）有時從經機上取過香爐來，拿頭髮在煙上薰一回，於是右手拿起新的頭繩，將一頭咬在嘴裡，用左手將頭髮束起，正如梳頭婆所做一樣，把髻結了起來。」又云：

「那些女人們要不失對於死者的尊敬之意，無論什麼時候決不粗暴地動作。她們總是盡可能的鄭重地，謹慎地，和婉地做著。」

谷崎的意思是在寫武州公的性的他虐狂，這裡只是說他那變態的起源，但是我看了卻是覺得另外有意思，因為我所注意的是裝飾首級中的文化。我們平常知道日本話裡有「首實檢」（Kubi Jikken）一字，意義是說檢查首級，夏天挑買香瓜西瓜，常說是檢查首級似的。這是戰國時代的一種習慣，至今留在言語裡，是很普通的話，而裝飾首級則即是其前一段，不過這名稱在現今已是生疏了。

今年同學生們讀松尾芭蕉的紀行文《奧之細道》，有記在小松的太田神社觀齋藤實盛遺物盔與錦袍一節，在這裡也聯想起來。實盛於壽永二年（一一八三，宋孝宗淳熙十年）隨平維盛往征木曾義仲，筱原之戰為手塚光盛所殺，時年七十三，恐以年老為人所輕，故以墨染鬚髮，首級無人能識，令樋口兼光視之，始知其為實盛，經水洗白髮盡出，見者皆感泣，義仲具祈願狀命兼光送遺物納於太田神社。芭蕉詠之曰：

Muzan yana，Kabuto no shita no Kirigirisu！

（大意云，傷哉，盔底下的蟋蟀呀！原係十七音的小詩，意多於字，不易翻譯。）

十四世紀的謠曲中有《實盛》一篇，亦以此為材料，下半本中一段云：

「且說筱原的爭戰既了，源氏的手塚太郎光盛，到木曾公的尊前說道，光盛與奇異的賊徒對打，取了首級來。說是大將，又沒有隨從的兵卒，說是武士，卻穿著錦戰袍。叫他報名來，也終沒有報名，聽他說話乃是阪東口氣。木曾公聽了，啊呀那可不是長井的齋藤別當實盛麼？若是如此，鬚髮都該皓白了，如今卻是黑的，好不奇怪。

樋口次郎想當認識，叫他到來。樋口走到一眼看去，唉唉傷哉，那真是齋藤別當也。實盛常說，年過六十出陣打仗，與公子小將爭先競勝，既失體統，而且被稱老將，受人家的輕侮，更是懊惱，所以該當墨染鬚髮，少年似的死於戰場。平常這樣地說，卻真是染了。且讓我洗了來看。說了拿起首級，離開尊前，來到池邊，柳絲低垂，碧波照影，正是：

「氣霽風梳新柳髮，冰消浪洗舊苔鬚。

「洗了一看，黑色流落，變成原來的白髮。凡是愛惜名聲的執弓之士都應當如是，唉唉真是有情味的人呀，大眾見了都感歎流淚。」

以上雜抄數節，均足以看出所謂「武士之情」。這即是國民文化之一部分表現，我們平常太偏重文的一面，往往把這邊沒卻了，未免所見偏而不全。我近來有一種私見，覺得人類文化中可以分作兩部，其一勉強稱日物的文化，其二也同樣勉強地稱曰人的文化。凡根據生物的本能，利用器械使技能發展，便於爭存者，即物的文化，如槍炮及遠等於爪牙之特別銳長，聽遠望遠等於耳鼻的特別聰敏，於生存上有利，而其效止在損人利己，故在文化上也只能說是低級的，與動物相比亦但有量的差異而非質的不同也。雖然並不違反自然，卻加以修改或節制，其行為顧慮及別人，至少要利己而不損人，又或人己俱利，以至損己利人，若此者為高級的，人的文化。

今春在《耆老行乞》文中我曾這樣說：

「一切生物的求食法不外殺，搶，偷三者，到了兩條腿的人才能夠拿出東西來給別的吃，所以乞食在人類社會上實在是指出一種空前的榮譽。」

假如在非洲地方我們遇見一個白人全副文明裝束拿了快槍去打獵殺生，又有一個裸體黑人在路旁拿了他的猥瑣糟留過路的人共食，我們不能不承認這裡文明與野蠻正換了地位，古人所常常喜說的人禽之辨實在要這樣去看才對。

上面所引的各節因此可以看出意義，雖然也有人可以說，裝飾好了死人頭去請大師賞鑑，正是封建時代殘忍的惡風，或者如茀來則（Frazer）氏所說的由於怕那死人的緣故，所以有飾終典禮吧，但是我總不是這樣想。無論對於牝鹿城或筱原的被害者，要不失對於死者的尊敬之意，這是一種人情之美，為動物的本能上所沒有的。固然有些殘忍的惡風與怕鬼的迷信也只是人類所有，在動物裡不能發見，但那是動物以下的變態，不能與這相提並論。

我常想人類道德中仁恕的位置遠在忠孝之上，所以在日本的武士道中我也很看重這「武士之情」，覺得這裡邊含有大慈悲種子，能夠開出頂好的花來，若主從之義實在關係的範圍很小，這個有如週末俠士的知己感，可以給別人保得家國，那個則是菩薩行願，看似微小，擴充起來卻可保天下度世人也。這回所談有點違反我平常習慣似地稍傾於理想亦未可知，但在我總是想竭力誠實地說，不願意寫看似漂亮而自己也並不相信的話。

總之我只想略談日本武士生活裡的人情，特別舉了那陰慘可怕的檢查首級來做個例，看看在互相殘殺的當中還有一點人情的發露，這恐怕就是非常陰暗的人生路上的唯一光明小點吧。此刻現在還有真君那樣的人留意日本近代文明，真是很難得很可喜的。同時我還想請真君於文藝美術之外再跨出一步去向別的各方面找尋文化，以為印證，則所得一定更大，而文化上的日本也一定更為可愛了。

但是，要瞭解一國文化，這件事固然很艱難，而且，實在又是很寂寞的。

平常只注意於往昔的文化，不禁神馳，但在現實上往往不但不相同，或者還簡直相反，這時候很要使人感到矛盾失望。其實這是不足怪的。古今時異，一也，多寡數異，又其二也。天下可貴的事物本不是常有的，山陰道士不能寫黃庭，曲阜童生也不見得能講《論語》，研究文化的人想遍地看去都是文化，此不可得之事也。

日本文化亦是如此，故非耐寂寞者不能著手研究，如或太熱心，必欲使心中文化與目前事實合一，則結果非矛盾失望而中止不可。不佞嘗為學生講日本文學與其背景，常苦於此種疑問之不能解答，終亦只能承認有好些高級的文化是過去的少數的，對於現今的多數是沒有什麼勢力，此種結論雖頗暗淡少生氣，卻是從自己的經驗得來，故確是誠實無假者也。

（廿四年十二月）

【附記】

我為《國聞週報》寫了三篇《日本管窺》，第一篇收在《苦茶隨筆》裡，

第二篇收在《苦竹雜記》裡，改名「日本的衣食住」，這是第三篇，卻改不出什麼好名字，所以保留原題。廿五年五月編校時記。

附錄二篇

一　改名紀略

我是一個極平常的人，我的名號也很是平常，時常與人家相同。午後從外邊回來，接到一位友人的信云：

「昨見一刊物大書公名，特函呈閱。」我把附來的一本小冊子一看，果然第二篇文章署名知堂，題目是愛國運動與赤化運動。一個多月以前有上海的朋友來信說，漢口出了一種新記的《人間世》，裡邊也有文章署我的名字，因為沒有看到那小冊子，所以不知道用的是名是號，但總之我並沒有寄稿到漢口去過，所以決不是我的著作，即使寫著我的名號，那也總是別一同名號的人的手筆。

這回的小冊子名叫「華北評論」，只知道是四月十五日出版，不記明號數，也無地點，大約是一種不定期或定期的政治外交的刊物，所謂「某方」的色彩很是鮮明的。對於這個刊物不曾投過稿，實在也不知道它在那裡，那麼那篇文章當然不會是我所作，而且也不會是從別處轉載，因為我就壓根兒不能寫那些文章，所以作者別有知堂其人，那是無可疑的了。

在好幾月以前，有人寫信給王柱宇先生，大加嘲罵，署名知堂，而且信封上還寫周寄字樣。我去問王先生要了原信來看，筆跡與我不一樣，自然不是我所寄的，天下未必沒有姓周名知堂的別一人，雖然這也未免太覺得湊巧一點。反正這件事只關係王先生，只要他知道了這信是別一個姓周名知堂的所寫而不是我的，那麼其餘的事都可不談，所以隨即擱起了。今日看了上文所說的評論，又聯想了起來，覺得我的名號真太平常了，容易有這種事情。這固然都是小事，卻也不是很愉快的，於是去想補救的方法。

第一想到的就是改名。但是在想定要改之前，又有別的一個主張，就是無須改名。這理由是很簡單的。我所寫的文章範圍很小，差不多只以文化為限，凡關於實際的政治外交問題我都不談，凡是做宣傳有作用的機關報紙上也都不登的，所以在這些上面就很容易區別，同名似亦不妨。

至於罵人的信，固然筆跡不同可以看得出，其實在我本來也可不必多辯，因為我近十年來是早已不罵人了。近來經驗益多，見聞益廣，世故亦益深了，正如古昔賢母教女慎勿為善一樣，不但不再罵人，並且也不敢恭維人，即如王杜宇先生在「小實報」所寫關於土藥的兩篇文章我很佩服，對了二三老友曾口頭稱道過，卻一直沒有寫文章，雖然在一篇談李小池的《雅片事略》的小文裡曾引用過王先生的幾段原文。

老實說，我實在怕多事，恐怕甲與乙不對，稱讚了甲就等於罵了乙也。既然如此，我的態度原已明瞭，不會與別人的相混，即使是同名同號，也還是爾為爾我為我，不妨就學柳下惠那樣的來和一下子。不過這在我自己是覺得分別得如此清楚，若是在旁觀者便難免迷惑，看風水的老者說不定會做盜墳賊的頭領，議論的轉變更不是料得到的事，何況明明標著字號，那麼主顧的只認定招牌而不能辨別貨色，亦正是可能而且難怪者也。講到底，不改名仍是不妥當，那麼還是要來考慮改名的方法。

我最初想到的是加姓寫作周知堂。可是這似乎有點不妙，因為連讀起來有意義，彷佛是東安市場的測字卜卦處的堂名，大有繼問心處而復興吾家易理的氣勢，覺得略略可笑。其次是仍用知堂而於其上添注老牌二字，以示分別，只可惜頗有商賈氣，所以也不能用。再其次是將平聲的知字讀作去聲，照舊例在字的右上角用朱筆劃一半圈，這樣就可以有了區別了，可是普通鉛字裡向來沒有圈四聲的字，而且朱墨套印又很為難，結果仍舊是窒礙難行。

最後的變通辦法只好改圈聲為添筆，即於知字下加寫日字，改作智堂字樣，比較的還易行而有效，所可惜者仍是平常，不過在不發見與別人相同的時候總可以使用，到必要時再來冠姓曰周智堂，還留得一步退步在，未始不是好辦法也。

我從前根據孔荀二君的格言自定別號曰新四知堂，略稱知堂，今又添筆作智堂，大有測字之風，倒也很有意思。關於智堂孔子曾說過幾句話，曰知者不惑，曰知者樂水。水我並不怎麼樂，而且連帶的動與樂也都不見得，那麼這句話明明是用不著。不惑雖然也是未必，不過孔子又云四十而不惑，我們過了四十歲的人總都可以這樣稱了罷，而且不佞本是少信者，對於許多宣傳和謠言不會得被迷惑，因此足以列于智者之林亦未可知也。

二十五年五月十三日，於北平。

二　竊案聲明

十多天前北平有幾家報紙上揭載一條新聞，用二號鉛字標號曰「周作人宅大竊案」。當初我看了這報連自己也很驚疑，但是仔細回想近日家裡不曾有東西被竊，再看報上所記失主的年齡籍貫住址以及妻子人數，於是的確知道這是別一周君，那樣標題乃是一種手民之誤，如《世界日報》便沒有弄錯，明明寫作北大教授周作仁宅。當天我即寫了一封更正信給一家報館道：

「本日貴報第六版載有北大教授周作人宅大竊案一則，查該案事主乃周作民先生之族弟（案各報均如此說明），名係作仁二字，與鄙名音同字異，貴報所記想係筆誤，特此聲明，請予更正為荷。」

第二天「來函照登」果然出來了，照例是五號字，又只登在北平一個報上所以不大有人看見。然而那大竊案的新聞可是傳播得遠了，由北平天津而至南京上海，過了幾天之後，在南方的朋友來信大都說及這件事，好像那邊所登載的都是「人」字的筆誤本。有人在軍隊裡的大約很忙，沒有看新聞的內容，真相信了，信裡表示慨歎，有人懷疑是傳聞之誤，或者猜著張冠李戴的也有。

有一位朋友寫信來說，聞尊處被竊有銀元寶數隻，鄙人昔日出入尊府，未聞有此，豈近來窖藏已經掘得乎。這位朋友對於吾家情形最是熟悉，所以寫這一封信來開玩笑，在接到的許多信裡算是頂有風趣的了。但是轉側一想我又頗有「杞天之慮」，為什麼呢？

我的姓名出典在《詩經》裡，人人得以利用，相同亦是無法，至多我只能較量年代加個老牌字樣，如我的名字是辛丑年進江南水師時所取的，那麼這是二十世紀起首老店了。不過真正同姓名倒也還沒有過，平常所有的大抵只是二字互易，不是把「仁」字寫作「人」，便是把「人」字寫作「仁」。我收到好些官廳的通知商店的廣告，地址明明是給我的，卻都寫著「仁」字，這彷彿與中頭彩中字一定要寫「仲」一樣，或者是北平的一種習慣法亦未可知。

同時有些寄給那位周先生的專門的書籍雜誌講義等又往往寫了「人」字，由我收下後加簽交學校的收發處送去。每年學期開始的時候，各報登載新學年的功課，法學院的經濟學銀行論等，總有一兩家報紙硬要派給我擔任的。這種小事情極是平常，有如打電話錯了號碼，只知道是錯了隨即掛上，也不必多說什麼。但是這回我覺得很有聲明之必要，因為有一兩點於我頗有不利。

報上說周宅失物有銀元寶及金珠飾物，共值萬餘元，本是很體面的話，可是假如人家真相信這是吾家的事，那麼事情便大不佳妙，有好幾位債權的朋友見了一定生氣，心想你原來是在裝窮麼？即使不立刻跑來索還舊欠，至少以後不能再設法通融以彌補每年的虧空了。

還有一層，假如社會上相信吾家一被偷就是萬把塊錢，差不多被認作一個小富翁，雖然報上明明記著失主的街巷和門牌，梁上君子未必照抄在日記上，萬一認真光降到吾家來，那不是好玩的事。寒齋沒有什麼可竊，金器只有我的一副眼鏡的邊，在十多年前買來時花了一二十塊錢，現在世上早已不見此物，自然更不值錢了。古董新近在後門外買得一塊斷磚硯，頗覺歡喜，文字只剩「元康六」三字，我所喜者乃頂上髻鬟甚長之魚紋耳。

舊書新得明刊本《經律異相》五十卷，梁寶唱所編集的佛教因果故事，張氏刊《帶經堂詩話》三十卷，有葉德輝藏書印，但價都不過數元，並非珍本，不過在個人以為還好罷了。這些東西都是不堪持贈的，如不是真正的風雅賊，走來拿去，不但在我固然懊惱，就是他也未必高興，損人不利己，何苦來呢。

為此我想聲明一聲，免得招人家的誤會，所謂人家者就是上述的兩類，雖然將債主與偷兒並列有點擬於不倫，而且很對不起朋友，但是為行文便利計不得不如此，這只得請朋友們的特別原諒的了。

前日報載實業部長吳鼎昌先生建議修正法案，限制人民只准用一個名字，這個我十分贊成。但我又希望附加一條，要大家對於這名字也互相客氣一點。我說客氣，並不是如從前文中必稱官名曰某某大令，或稱什麼老爺大人，實在只是對於人及其名稍為尊重罷了。例如報館「有聞必錄」，有時事實不符，有時人名錯誤，來函固應照登，還當於原版用同樣大鉛字在著目處登出，庶幾近於直道。我這篇文章並不是為報館而作，不過連帶想到，覺得若能如此則我們聲明或更正當更為有效，大可不必多費工夫來寫這種小文耳。

（二十五年五月二十五日，於北平。）